在清晨采集露珠

安乔子 诗集

·广西新锐作家作品系列·

东西 主编

广西民族出版社
Gvangjsih Minzcuz Cuzbanjse

作者简介

安乔子，女，本名冯美珍，出生于1986年4月，广西北流人。有诗作发表在《诗刊》《扬子江诗刊》《星星》《青年作家》《草堂》《安徽文学》《诗选刊》《山东文学》《天津文学》《飞天》等。参加第二届中国·星星大学生诗歌夏令营、第三届全国青年散文诗人创作笔会、第二十届全国散文诗笔会。为广西新锐签约作家、玉林市签约作家，获第十届“诗探索·中国红高粱诗歌奖”。

目录

第一辑

蘑菇

蘑　菇

亚热带，一场雨淋之后，我到了出嫁的年龄
我选择了低低的，湿湿的一朵
爱美的蘑菇，爱雨的蘑菇
却羞涩得像含羞草
天黑了，我就跟这一朵回家吧
在白净的陶瓷碗上，摆下两双筷子
一夜就转化为了天长地久
没有人知道我们的爱情
可以长久地忍着疼痛，忍着悲伤
以及一切前因后果

《广西民族报》2019 年 8 月 30 日

水上的日子

他有小舟，驮着远山
每天来往于圭江
早上顺流而下，晚上逆流而上
风吹日晒，仰天吼叫一声
他习惯了做水上的男人、丈夫和父亲
把河面的水声深入水底
把水底的食物带回岸上
傍晚归来，总有一群浪花跟着他
他不属于哪一朵浪花
他站着会看到他的女人
他的女人在长长的炊烟下面
在低头的落日里
唤他的小名
他的孩子，一个牙牙学语
一个还在她肚里

《诗刊》2019 年第 02 期

小　镇

曾经有三年我在这里度过
第一年，我记住了她的名字
第二年，我走遍了她每个角落
第三年，她教我爱上了一个男人
离开后，我把这个小镇
也带走了
一直到现在
我还把她带在身边
我在另一个地方生活多年
我已过而立之年，去过更远的地方
她依然是梦中的小镇
像挂在门前枣树上的，踮起脚
就能摘得到的甜

《诗刊》2021 年第 08 期

余 生

爱与恨达成和解之后，左手和右手
伸出一条铁轨
去一个远方的远方
火车，今夜请将我的余生带走

走失的孩子，无法原路返回，就在时光里
把隧道反复吟唱
两条铁轨交叉
奏着交响乐，走向各自的故乡

《草堂》2018 年第 04 期

在清晨采集露珠

如果有这样的工作
我愿每天早上披着晨光
去田野上采集露珠
像一个傻姑娘
做一些傻事
把它们装在心爱的瓶子里
在一份份的晶莹里
珍藏它们一生的光芒和纯洁
在一天中最好的时光
我愿这样傻傻地
去收集人间的露珠
像收集穷苦人的泪珠
像看见无数流泪的眼睛
需要一遍遍地擦拭
允许自己在这个过程变得缓慢

一天天变得笨拙
只执着于采集露珠这件事
为了养活日益枯萎的生活
我愿一直这么收集下去
为了收集更多的露珠
允许自己走很远的路
走很多的弯路
当我从田野深处回来
露珠们像一个个可爱的女儿
围在我身边，渗透在生活的缝隙里
像门前那条小河
叮咚叮咚地流向我
这样我便获得了恩赐和宁静

一粒谷在它的故乡里

一粒谷在它的故乡里，没去过远方
没有邮递员
它习惯把信藏起来

一粒谷用厚实的壳，藏一个白美人
曾被太阳灼伤
又被反复地捶压，它忍着

一粒谷在炊烟里想起遥远的事
它原谅了一株稗子
一粒谷在稻草的身体里
睡得很香

一粒谷在来年发芽，一粒谷孤独地
留在谷仓底部

它替主人保存陈旧的信封
和陈年的爱

《诗刊》2020 年第 03 期

安静的土豆

大小土豆，堆放在走廊，闪着微光
安静的土豆，一个挨着一个躺着
夜风水一样从它们身上退去
一个土豆滚下来，想靠近另一个
屋里老两口在讲话
——明天圩日，把土豆挑到集市卖了
——卖了土豆，换些米面回来
土豆不说话，土豆的乳牙还没冒出来
一个土豆浑身沾满了泥
像，舍不得离开它的土房子
想象还跟从前一样沉睡、变大
乳房还会长出温暖的蓝花
此时，月光正照着土豆一样小的村庄

《扬子江诗刊》2020年第04期

父　母

父母睡得早，乡下九点钟
他们就入睡了
他们老了，经不起折腾
我们姐弟几个坐在院子里
围着火炉取暖，把夜聊得很晚
炭火暖暖地舔着我们
燃烧像一支不眠的小夜曲
我们都不约而同想到小时候
我们早早地入睡了
而我们的父母，还在外头忙着
深夜他们会过来看看我们
有没有出汗，有没有踢被子
有时他们坐在院子里
说话，商量着什么事
轻声细语如同月光

现在，他们在里头睡着了
像是我们熟睡的孩子
轻轻的鼾声像星辰在头上闪烁
我感到了人世的辽阔和安稳

《诗刊》2021年第08期

断　口

故乡的旧桥被拆了
如同人生出现的一段断口
桥没了，河面更开阔
河边有了撑船人
有坐船到对岸的人
有坐在河边垂钓的人
一条河回到旧时的人间
回到两岸缓慢的时光
现在，我可以不过河
不必匆忙地赶路
我可以在河边逗留
像石头终日坐在岸边
也可以跟一只水鸟
飞往芦苇丛深处的人家
也可以坐船，顺着月光的流水
去远游，去探望多年未见的故人

祖母的围巾

祖母的那条三角形格子围巾
棉麻的，蓝黑相间的
裹着南方女人的小温情
它曾是她珍爱的东西
有一年冬天我看见她从外面回来
头上就扎着那条围巾
围巾下面的脸冻得通红
那时她丰满，头发又黑又长
那时她年轻，走路跟着一阵风
她那把我从地上抱起的手
那么温暖有力量
垂下的围巾穗子轻轻摩挲着我
后来那条围巾怎么不见了
她的脸怎么皱成了一团

又黑又长的头发怎么不见了
她坟头首先长出的那片草
是爱美的她给自己织的围巾吗？

一个吹口琴的异乡人

那年秋天，桂花落满山头的时候
来了一个吹口琴的异乡人
人比风瘦，头发比风长，衣衫比风破
嘴唇把口琴磨得铿亮
围观的人，静静地听他吹，像在听
一条在喉咙里哽咽的河

他忧伤的琴声里
有一个丢失多年的儿子
每到一个地方，他用琴声呼唤
像儿子就在不远处
只是饥渴的眼睛，像流浪的地图
长满了红色的荒草

现在，我依然能想起桂花树下

那个异乡人的身影，如今他在哪里
在风中寻觅的琴声
是否长出了眼睛和羽毛
他的孩子是否已沿着他的琴声
找到了回家的路

《星星》2019年第11期

父亲体内的石头

一个父亲蹲在门前抽烟
弓着一弯身体
吧嗒吧嗒地
抽出他体内烟雾一般
工厂的味道
那个外出打工多年的儿子
杳无音讯
他只知道他在人间鬼混
误入歧途
那些年他一直住在他体内
无数次在深夜惊醒他
无数次把他打翻在地
像他体内的结石
病痛发作的时候

他抱紧自己
抱紧体内那个叛逆的石头

《诗刊》2020 年第 03 期

江水退去之后

被江水淹没的村庄
像在水中进行一场交易
三天后，江水退去
喘着粗气，疲惫地软下来

江水一退再退
退到平静之处
又把它吞下的反刍一遍
退到低处，露出了它的私密之地
水面飘荡着肆意之后的哀歌
一个到江中梦游的人隐约浮了出来

那个一次次被推向高处
流离失所的女人
扛着床铺从山上的小屋走下来

两个孩子跟在后面
后面跟着落日
暮色中，一群鸟扑棱棱地回到人间

《诗刊》2020 年第 03 期

老木匠

木材整齐地叠放在屋里
听候一个木匠发出的指令
该是什么他心里有数
给一个木材钻孔，发出的是他的尖叫
恍惚被洞穿的是他自己
这加深了人到老年的恐惧
难得糊涂，但每一道工序都要清楚
用旧的手还能刨出朵朵浪花
留下来的部分是它们的余生
另一些是送到火葬场
一些木屑从他身上飘下来
但味道已经开始腐烂
一些木屑停在头上宛若白雪
但他抖不落了
对一根木材进行质问、追溯

每一根都有它的模样
质地光滑细腻
做好的木材在另一边，等他为它们披上
一件最后的嫁衣
现在，一些事情有了定局
推开门那瞬间，等了三十年的人来了
和他较劲了三十年的人来了
他已经老了，双手递上一根烟
并替他点燃了
“为我做一口棺材吧”

《诗刊》2020年第03期

从乡下赶来的父亲

进门前父亲把草帽留在门外
额头上还留着印痕，头发湿漉漉地贴着
气喘吁吁的，像刚从工地回来
一只蛇皮袋装着玉米、花生和红薯
一箱子熟透的荔枝
这是父亲在土地上付出的、获得的
也将要失去的
“收购商不来，荔枝快要烂在地里”
生活又一次困住了他
“但有什么办法？只能看着它们烂掉”
抽水烟筒的父亲不习惯拿成条的烟
他把它搁在耳朵后
在山里住惯的父亲
也不习惯在城里待太久
凳子还没坐热他就站起来要走

我知道他一定是往工地里赶
或者他担心晒在楼顶的谷
又一次泡在雨水里
他走后
我给他倒的那杯水还没动
他说的话还停留在空中

《诗刊》2020 年第 03 期

第十二种孤独

我轻轻地打开一本书
扉页上有少年的孤岛和大海
他像耶茨一样孤独
多年后他沉寂，大海藏在书中
我轻轻地压着书页
像按在他微弱的心跳上
依稀听见海的涛声
我的手指落在生锈的钥匙上
它试图开启第十二种孤独
亲爱的耶茨，这是可能存在的
我低头埋在书里
昔日的大海，泛黄的风
又吹醒了少女
亲爱的耶茨，我伏在你肩头
我还想再爱一次

《星星》2019 年第 11 期

写给儿子

因为你，我内心的小女孩停止了生长
她收起了任性、野蛮和多情
温声细语做一个好母亲

为你，我愿精心打磨自己
削掉我的棱角，收拢我的坏脾气
我不再纠缠过往
我与世界互不相欠

我不停地摁住内心的冬天
是为了交出柔软的花朵
更好地，做你旁边的一株陪衬
为了让你看我时，像春天看见丁香、兰花和海棠
那样美好

我还是觉得愧疚
好像我做多少，都不及你给予我的多
不及你的一个笑
你知道吗，当你第一次喊我
我就知道我欠你的
要用一生去偿还

《星星》2018年第08期

我允许……

我允许我活着的小缺陷
少量的污点
少量的罪恶感
这让我更爱大海和天空
我允许我，慢慢老去、生病、遗忘
我允许生活漏洞百出，泥沙俱下
我允许人间冷风萧瑟
暴雨吞食雷鸣
我允许春天迟到
花朵失踪
我允许在深夜
一种痛苦袭击我
像允许……停留在肉体里的一根刺
拔出它是缓慢的
也许我终不能拔出

就当这肉体缝隙里的一根杂草
我让它生长
它必定开出玫瑰

两只鸟在水面上飞

在思罗河上，流水匆匆而去
水面上有两只鸟在飞
接近水面时一次次扔掉刀锋
有足够的力量扑打、飞起，试图靠近对方
却被残阳的光撞开，又垂到水面
垂下来的还有巨大的阴影，向水下生长
当黄昏即将消失的时候
那两只鸟向相反的方向飞
以决绝的方式坠落在天空里
那流水像送葬的队伍

《草堂》2018年第04期

他睡在自己的影子里

他摊开自己的影子，影子一样睡下来
刚好合适，像一张量身定做的被单
他蜷曲着身子，影子也蜷曲着
影子躺在那里，像大地的安慰，像妈妈的子宫
像光里的一片树荫，像一小片清凉的风
路人在走他们的路，卖花的人在不远处卖花
这和他没有关系，影子也不妨碍他们
在这寂静的午后，没有比这影子更黑的白夜
没有什么比阳光更懂得温情，适合他单薄的身子
秋天正慢慢抽干大地的水分
风晾干一个影子，就像晾干一件衣服

原谅暮色中的树林

原谅蝴蝶的引诱，她来到暮色中的树林
原谅那片诡秘、不怀好意的树林
原谅一道虚掩的门，乱石从天而降
原谅失重的双脚，被谁牢牢拖住
原谅树林里说谎的喜鹊，那双欺骗的眼睛
原谅她一生短暂，也走不出雄性的树林
原谅落叶覆盖了小径，原谅埋伏在脚下的空洞
原谅昨夜的雨水，原谅潮湿的地衣
绊倒她，指出她最后的痕迹
原谅一条将她卷入黑洞的河
原谅暮色迷蒙，月色撩人
原谅这最后留存的风景，被挂在观赏的墙上
原谅墓志铭写在荒野的一块巨石上
那石头被时光的飞鸟一下下地
啄出了血色

午后的叫卖声

午后，“绿豆水、豆腐花、凉粉”
被一个声音反复叫着
那声音把我带回另一个梦乡
戴草帽的父亲骑着单车喊卖雪条
九十年代的道路在他前面歪歪扭扭
他从中和村骑到安平村
用粗犷的喉咙喊过每一座山
他总是担心泡沫箱里的雪条因为卖不出
而融化
而赚不到一天的生活费
在梦里，那声音如骤雨般焦急
离我那么远，又那么近
我打开窗，那叫卖声更近了，我看到下面
衣服飘扬，电线交织，再下面
一个骑着单车的老头

微微前倾的身体
在阳光里缓慢地驮着他的影子

《扬子江诗刊》2020 年第 04 期

花衣服

母亲整理旧衣柜时
我看到童年穿过的花衣服
母亲曾是一个好裁缝
想方设法把那些旧衣服
剪下来
重新拼接成一件新的衣服
花花绿绿的衣服
让一朵穷苦的花
可以惊艳地长在枝头
发出独特的光
她甚至能把窗帘布变成我的裙子
让我站在表演的中心
母亲没有成为一个设计师
但她试图设计我们的命运

让我们变漂亮些，变成斑斓的花朵
幸福地开在她头上

《扬子江诗刊》2020年第04期

玻璃完好的时候

玻璃完好的时候，它们是安静的
被人一遍遍地擦拭
在洁净而透明的房子里
守着日出和日落
看窗外的风景，等回家的人
它们以为人生就是这样
玻璃完好的时候，它们没有锋利的刺
和裂缝
没有风吹进来，没有仇恨的刀口
被它们守护的人
活在一面完好的镜子里
穿着整洁而端庄的衣服

《扬子江诗刊》2020 年第 04 期

鸡失踪

鸡回窝前，母亲数了一遍
一只，两只，三只……
少了一只
她再认真地数一遍
还是少了一只
数着数着，暮色就扑了过来
淹没了她的手指
她急着出去找
好久后我看见她一个人空空地回来
“养了两年，怎么就不见了，
我留它到过年，等娃仔回来的。”
那一夜，楼下的母亲不时爬起来
往门口走去
看看丢失的那一只
有没有回家

我在楼上，似乎听到整个夜晚
都是母亲混乱的心跳

《扬子江诗刊》2020 年第 04 期

拥　抱

我出现，儿子就跑过来拥抱我
他穿一件蓝灰色格子衬衫，这是他喜欢的
衬衫是我母亲新买给他的
成为母亲之后，我很少顾及她
甚至因为儿子和她争吵
也很久没给她买衣服了
现在儿子搂紧我，温暖的格子衫
把我搂得更紧
这时候，多么像母亲和他拥抱了我

《扬子江诗刊》2020年第04期

我亏欠的

我不善言辞，在一次次沉默里
我一次次错过了花期
我亏欠了春天
我亏欠的总是让我羞于开口
我依然那么固执、自私
常常被欲望之火灼伤
我亏欠的是一朵白云的白
我亏欠大地的大，亏欠天空的空
爱情里我总是那么天真
我亏欠的是枝头垂下的成熟和沉甸
我走了那么多歧路，我还在走
但我已不能回头，我亏欠了自己
我亏欠了孩子，我亏欠的是一个好母亲
我的亏欠感在一次次缺失之后加深
我最亏欠的是父母，但我还在亏欠

看着他们一天天老去
我亏欠着，但也无能为力
给我恩惠的人，我欠你们的恩情
总让我羞愧
我亏欠了时间，我辜负了青葱的时光
我浪费了太多美好的青春
我有太多的亏欠，太多的苦不堪言
我亏欠的像一根刺扎在心里
时不时提醒我亏欠之物
经历了太多之后
我还欠死亡一颗宽容心和平常心
我还不能从容面对生老病死
不能接受亲人的突然离世
我亏欠的太多太多
我不停地写诗
是为了在诗里找到偿还亏欠的方式

雨夜吹过的风

他穿过雨夜，来到窗前
轻轻的窗在颤动，门缝塞进一个陈旧的信封

同样的雨夜，同样的风吹过来
窗前长出了沉默的青苔

我拆开信
阵阵秋风吹我，秋风也是一页老旧的信

《安徽文学》2021 年第 02 期

暴　雨

一场暴雨让整条街泡在水中
我们的房子
像一艘被卡住的船，像是眼前的
一场电影，我们看着
闪电突然照亮短暂的荧幕

但台风还在吹
每一扇窗都在颤抖着
为了透明、辽阔又坚硬的一面
仰望，多么不堪一击
红色的小车像一只甲虫
在水中爬着
突然不知道要去哪里

有时，我也想象一场暴雨
是另外的自己
哗啦啦地落在镜子里

他的身体是一座矿山

他被打开的身体，流出一条金属般的黑河
身体里的乌云，风也吹不散
异乡矿井的灰尘
像北方的雪，每天落在他身体里
肺部的阴影像一只乌鸦
每天嘎嘎地叫个不停
多少北方的雪都覆盖不了他的黑
多少条故乡的河都洗不干净他的身体
烟尘沉积成身体的矿山
多少刀都砍不掉它的坚硬
唯有他难以言说的一层
被他小心地包裹着
一个雪白的女子

《星星》2018 年第 08 期

数落叶

以什么心情数落叶，像我酸着鼻子数步子
妈妈，我们现在走到哪一步
妈妈，你教我下一步怎么走
落叶在空中时它会想到什么，它会想树上的叶子吗
我数树上的叶子
剩下最后一片叶子时，我哭了
妈妈，我好想回家了

白莲藕

有时，饭桌上只有一碟白莲藕
像一片片被母亲折叠好的日子，素净而简洁
和白色的陶瓷碗端着一种高贵
它的白像来自生活深层
一只在泥水里静默还没有打开的蛹
我们回头，看见母亲在院子里
双手在岁月里搓洗衣服
更远处，一只白蝴蝶从淤泥里飞出

拿什么爱你

我觉得自己无路可走
当你蹒跚学步，抓住我的手指
是你牵引了我

当我哭泣的时候，你也哭泣
你的眼睛像一片晴空
收容了我

你是我一月的春水
三月的繁花，七月的星辰
你弥补了我生命缺失的部分

我单薄如蝉翼
我无法给你坚硬的翅膀
无法献出春风

我被疼痛囚禁
被时间驱赶着走
很多次，是你带我翻过命中的山

我还不知道拿什么爱你
可小小的你
那么小就懂得心疼我

你来，就是拯救我
你如枝头幼芽般小小的月亮
照亮了卑微的我

睡　姿

儿子在我身边睡着了
浅浅的呼吸
对抗辽阔的黑夜

眼睛像两道弯弯的门缝
房间里
一定装满了星星

我翻个身，他知道
他也翻了个身
步调一致

他喜欢趴着睡
翘起屁股，蜷缩的姿态
像还在我的子宫里

她

她可以是水，但不能没有骨骼
她可以是风，但不能时刻都吹
她可以在高处，但不能像鸟一样放飞她
她可以目空一切，但不能没有睫毛弯弯
她的一生，如同一抹深蓝
既不灿烂，也不幽暗
你爱与不爱，她都在那里
你不爱她，她看起来很浅
爱她，她深不可测

路遇野荆芥

一路的野荆芥，她们低低匍匐着
像从天上来的紫衣少女
纷纷扬扬地，忙着制造紫色的人间
柔软的骨骼在风中摇曳
河水流过这里时，也慢了一拍
不见水声，只见那些野荆芥的笑
笑得花枝乱颤，她们在风中笑着唱着
她们多像我乡下的姐妹
一朵朵地挤在一起，相互拥抱
我听见她们吵闹、嬉笑、低低的絮语
平凡而烦恼
我牵着孩子的手
慢慢从她们身边走过
我的孩子
从紫色的花丛，把一个孤独的姑娘领回了家

《青年作家》2019 年第 10 期

母亲和柚子

那年我到琬琦家吃柚子
我却掰不开一只柚子
琬琦就笑，没生过孩子的女人
没有母亲的力气

做了母亲之后，才发觉掰开一个柚子
变得那么容易
那么干脆利落、彻底

好像柚子是我们怀胎十月的身体
我们必须用尽力气
掰出它的果实

我爱柚子，如同爱我们的母亲
它多么像母亲的乳房

它的皮多么像母亲给我们穿的
一件黄色棉衣
母亲，这个词多么像甜蜜的柚子
有结实的爱和暖

你的眼睛

孩子，你看我的时候
一轮明月照我内心的安详
我走进你的眼睛
你藏了那么多小星星
你一笑我就走不出来了
孩子，我迷路了
你的眼睛收容了我
小眼睛那么小
却容得下我的万水千山
我哭泣时你也哭泣
我的泪那么污浊
你的泪那么清澈
那天中午我生下你
你眼里的光照亮昏暗的产房
你有我的月亮

你有世上的光
你的眼睛
是我一生都无法抵达的慈悲

母亲梳头

有时，母亲梳得很匆忙
惊动了它们
就有一些短命的掉下来
掉在她的衣服上
掉在地上
她捡起，扎起来有一小把

头发越梳越薄
黑发还会长出来
只是不如当初那么茂密地
占据山头
有时梳着梳着，就听到
有一根根白发
在黑发里尖叫

母亲梳头已经不用镜子了
清晨起来
几回梳落，捋起来
扎在后背
她看不见那朵朵白了的岁月
飘在头上

《草堂》2018 年第 04 期

在大里，我遇见另一个孩子

她坐在一个角落里
小小的，面黄肌瘦，来自辽阔贫瘠的夜空
饥渴的眼神
有两颗小星星
脏兮兮的脸和衣服上的泥土
来不及洗
像一只从山洞窜出的猫，瞳孔缩小，躲着人群
她安静，不爱说话
在三年级的语文课本，她写下：妈妈跟蒲公英飞走了
课本上她找不到妈妈的样子
她迷茫地看着我
仿佛要从我身上找回一个妈妈
当我也是一个孩子的妈妈时
她看我的样子，像我另一个孩子

她眼里的光
令我羞愧

《星星》2019 年第 11 期

我来过

我来过你
我来过你的东郊站，坐 34 路公车
抵达你的小镇，一个月落乌鸣的晚上
我来过你
我来过你的额头和眼睛，在你的唇边
留下一枚印痕
来过你战栗的身体，灵魂的阴影
我来过
你抽烟的时候，烟雾包围的出租屋
我来过你掉落头发的床单
一个女人留下的口红
来过你爱的酒吧，被劣质啤酒撑破的胃
你躁动的年华我来过
也来过你的秋天，秋风过后留下的皱纹
你的孤独和病痛，我来过

你逃离的26号病床，我来过
你楼下肮脏的旅馆我来过，一个少女迷乱的目光
让我在十字路口走失过
落魄者的夜我来过
晚归者，漂泊者
那回不去的异乡人
我来过你的颠沛流离，你低头瞬间
我来过
我来过你

《星星》2018年第08期

风也不能轻易挪动我

你说你要去更宽广的远方
把我也挪走

而我，不能
你不能挪走我，我有自己的野性，我身上故乡的“毒”
去哪里都治不好

父母在，我哪里都不去
我是他们身上脱落的一颗孢子
就做南方亚热带雨林一朵深陷于自己的蘑菇

你不能挪动我
风也不能轻易挪动我

那些植物我叫不出名字

在桂北的大苗山上，
长着一大片一大片，往天边可以爬上云朵的植物
没人知道那些植物叫什么
它们矮小却茁壮，一个个野性结实的乡下人
苍天在上，它们双手合十，默默祷告

每到它们疯长的时候，就会有一辆大货车
带走它们，去一座城
它们站在高高的货车上，背着故乡离去
第二年那些受伤的根部
又继续疯长
那些植物又变成风中的传说

飞　蛾

为了那点可怜的光
它一次次撞进来，窗砰砰响起
它不知道窗户没有缝隙
甚至忘了自己柔软的肉身
随时会砸断的四肢
甚至赤着膀子就扑上来

然后不止一只，一大片
集体赶赴，争先恐后
重重地坠落下去
又一次次起飞
细细一听，还有一只小飞蛾
因为被挤出队列
而抱头大哭

我爱过你

我爱过你
像长在铁轨旁边的青草
只因为一次多情
而终身承受呼啸而过的命运
那年火车带走你之后
我隐居的这个小镇
成为你最后出现的风景
我爱过你
那些年爱是如此单薄、遥远
却没有被时间擦去
最终让我怀念一生的
是我们的距离
和幻想

《广西文学》2018 年第 10 期

地址不详，查无此人

七娘，大字不识，让我给她的儿子阿广写信
一封封寄去广东
他第一次打工的地址
他在工地干了两年就没了消息
七娘说儿子都快四十岁了。信里就问他
在哪里，结婚了没有，有孩子了没有
村里的邮递员已经回复过多次
地址不详，查无此人
那工地变成商品房很多年了，房价一年比一年高
阿广的消息像地基一样埋在城市的底层
没有一封信可以抵达那里

《星星》2019 年第 11 期

纸上命运

纸上有路，指向深处
纸上有风吹过
纸上有故乡、故事，有个多年未谋面的人

有白云苍狗，雨落下来
有夜晚深处的渔火
有月落入江中，有芦苇在夜风中探寻
有山在，有呜呜深深

我还是迷路了，我明白这一生都走不出纸背
这一生我注定都要在纸上飞翔
一只鸟交出
交出白茫茫的一生

《草堂》2018 年第 04 期

你来看我

那年你来了
你在春天的楼下
等我垂下梯子

你带我到原野去
蘑菇为我们打伞
玉米地为我们遮挡

现在我在秋天
我仍住在阁楼，回望
我们的原野
那些荒败的、消瘦的、远去的
都值得重新来一遍

风吹过南国

风吹过南国
一粒红豆落下
风吹过窗前
提醒明天的信件
风在动
草叶割据着黑夜
我们猜想着风的页码
想起某个夜晚
风吹星星一点点
月光消瘦
在辽阔的内部
只有一粒红豆越来越丰满

秋天的稻茬

被割痛的秋天的稻茬
还有很长的时间度过这个秋天
雨水充足的南方
天空总让它们溢出泪水
夜晚，它们有时被鸟鸣惊醒
抬头，看到月牙悬在头上
它们会想起那把镰刀
在漫长的寂静里，它们也看见彼此的割痕
慢慢地愈合、结痂
有时它们想象自己是瓶子
蓄满了干净的水
不久它们就在伤口处冒出
一些幼芽
让伤痕绿着，生动着
想象春天又回来了

那时它们那么小
在一棵稗子旁，活在无边的幻想里
理想高过秋天
爱过那株稗子
也曾低到泥土里
如今，它们不再开花结果
它们终将越过伤痕
鼓起勇气去过另一种人生

古　树

一棵古树悠然地坐在那里
看时光来来往往
它已经在人间活了八百多年
它对面的屋檐下
一对老夫妻挨着坐在门口
远远看去，他们多像
掉在它面前的两片落叶
一片叶挨着另一片叶
他们被游人观看、拍照
而旁若无人，他们眼里只有彼此
没有别的

《安徽文学》2021 年第 02 期

磨刀的人

磨刀的人懂得在生活的刀口安放一片云
而不被生活的利刃所伤
磨刀的人有我的父亲，也有我的母亲
也有做篾匠的祖父
水声漫过污迹后
呈现光亮的一面
磨刀石里藏着时间的秘密
它不动声息地豢养着细碎的刀口
它知道一切发生怎样的变化
人的头上悬着怎样的岁月
磨刀的人懂得打磨一面时光的镜子
这需要耐心去重复，一遍又一遍地
把锈迹推向另一头
并适时止住
一把刀磨得越细，越能照亮生活

越懂得用新鲜的刀口
去收割白晃晃的时间，而磨刀的人
他懂得，磨刀霍霍是磨出一阵比一阵猛的刀风
等他累了，停下来
他终究也被刀风所催促
他怎么忘了自己也是一把刀
他这把被生活用钝的刀，生锈得更快
这把曾经无比锋利的刀，无数次割伤过他
现在，这把刀沉重、生锈
被搁置在某个角落，等最后一次打磨
与人世和解

苍茫使我平静

苍茫理解了疾苦，也理解了苍生
苍茫理解了轻的风，也理解了沉重的石头
苍茫理解了荒谬，也理解了锋利
苍茫并不是一笔带过，不是混水摸鱼
苍茫有深深的镜子，有无限的星光
以及俯向大地的悲悯
当风起时，唯有苍茫交出了大地的赤子
那是我们永远不变动的故乡
苍茫生出了我，唯有苍茫理解我
唯有苍茫使我平静

草　们

我见过的草到处都是一样的
都一样葱绿、安静、淡然
都一样本分、善良、朴实
都一样面不改色，我行我素
它们看惯了多少天空
心胸才如此开阔
它们被燃烧时寂寂无声
又在一夜之间冒出来
被拔下的草们不喊一声痛
被误解被侮辱它们不怕
被投毒被践踏它们不哭
它们依然在大风中唱着歌
你告诉我，它们到底是谁
它们为何能忍受如此多的疼痛和不公
你告诉我，它们如何忍受燎原野火
熬过黑夜，春风吹又生

时　光

那年，我坐在树上摘荔枝叶
用它吹一种好听的声音
像这些年我在回忆中寻找鸟鸣
虽然不知道那是什么鸟，在童年的树林里
它收留了我，给我卑微的快乐
那时我不懂什么是苦难，泪水也是甜的
鸟的快乐如同我的快乐
现在我从远方回来，站在树下
那棵陪我长大的树，它的树叶已经掉光
被砍伐的部分呈现出廉价的肉体
是的，它们早已在岁月中被榨干了血肉
我仍然能吹出好听的声音
但我再不能爬到树上
并坐在上面长久地看鸟从天空飞过
时间让我羞愧，又让我着迷

生活已经不能再来一遍
时光之鸟依然在那里不停地鸣叫
我感到了岁月的安静，又感到伤心

风吹母亲

风吹一下，母亲头上的白发就多一根
风不停地吹，白发不停地长出来
风不停地吹她的身体
吹弯了她的腰
加重了她的风湿病
吹痛她的喉咙，越来越频繁的气管炎
出不来的秋风是卡在喉咙的刺
拔不出来
变成断断续续的咳嗽
像一只不受控制的鸟
在我们周围不停地叫，让我们心慌
风啊，它不懂操碎了心的母亲
风吹着大地的每一个母亲
风不停地吹远她们
搬运她们，从陆地到海洋
风把她们吹成一座座孤岛

这一天，人间无事

这一天，所有人都觉得台风来了
但它没来，它在半夜退去了
这一天，孩子上学去了
父亲照常去工地了
母亲在屋里默念：一切都是最好的安排
这一天，太阳从天空倾泻耀眼的光
我在小小的火车站，等一列火车
把你送走后，我就回来了
这一天，人间无事，阳光普照

《南方文学》2022 年第 1 期

落叶也是一种深情

你见与不见
它都在落
在秋天，落叶带着负罪之身
铺满了你经往的路上
像一种必要的删减
才能让一棵树失去为世俗所累的东西
才能在天空里赤身裸体地打铁
你抬头，天空像一种时间
它精准地指向一只向南迁徙的鸟
并保持速度
对应即将到来的冬天
大风起时落叶飞得更快，像母亲
忙着给大地做一件过冬的衣服

在海边

在海边，我愿埋首苍茫，如一粒沙
风一吹，也许我就不见了
一朵浪花也能带走我
但这都是好的

在沙滩上，我写下的每一行都会被
海水轻轻擦去
我画下的男人、老虎都被大海带走
我写下什么，什么都会消失

拥有大海是虚幻的
拥有浪花也是虚幻的
只有我抱起的一把沙
我能拥有它们泪水的结晶

灰 鸟

把祖父送上山之后，我们回来
坐在祖父生前砌的石阶上
大地很虚空，我们低头沉默着
家里少了个人总是让人难过
我们也不敢抬头看天
仿佛是天空抢走了祖父
我们有什么理由看天，流着泪也不能
突然间，一只灰鸟从天空落到屋顶
像不知从哪里飞来的石头，打破了我们平静的湖面
它叽叽喳喳的鸣叫让家里又热闹起来
我们都不约而同地抬头看它
它说的我们似乎听得懂，又听不懂
然后它从屋顶飞到我们身边
不停地在我们周围飞动、鸣叫
从来没有一只鸟这么亲近地围着我们

就像是亲人，父亲突然流下了泪水
我们都深信那只灰鸟就是祖父
是祖父的灵魂变成了灰鸟
我们的视线随着它跃动
是它轻盈的跳动、明亮的啼叫
让我们之间的沉重稍稍缓解
直到父亲对它说：我知道了，你安心走吧
那只灰鸟才飞向远方，缓缓消失在我们的视线里

伊 始

清晨醒来，鸟语轻盈而抒情，我将自己
隐藏在阳光后，万物多么清新
我在一个不为人知的地方，有了一个开始

有了一个开始，是多么幸福
这样隐秘地活着，不被往事所打扰
那么安静，我带着惺忪、慵懒的眼睛
像路边的花苞，等待又一次打开
那完好无损的花瓣，在风中轻轻颤动
在阳光下慢慢打开自己的光芒

第二辑

总有一只白鹭飞过你

总有一只白鹭飞过你

回到荔枝庄
在你不经意间
总有一只白鹭飞过你
像雪，一场经年的雪
像亲人，迟疑地看了你一眼
又飞走
隐于树中
有个声音迎面而来：你回来了
你抬头那瞬间
总有那么一只白鹭飞过你
像你丢失的那部分
又回到你心里
她没有压低你
而是托起你
她是你轻的部分

这让你瞬间惊觉：我离开多久了
这让刚从外地回来的你
放下行李，热泪盈眶
因为那样的白鹭，无论何时
无论疾病或者痛苦
你总不会倒下，而是轻盈地起飞

《玉林日报》2020 年 11 月 16 日、《诗探索》2020 年第 4 辑《红高粱诗歌奖获奖作品集》

窗　口

我常常在暮晚走向窗口
眺望安静的村庄
看见我的田野、竹林和小河
小河边，母亲在那里弯腰
把脚探进水中
洗掉脚上的污泥
晚风吹过竹林
像有什么在暗处燃烧着
母亲挑着两畚箕番薯
走在十月的深秋里
畚箕像夜色张开的翅膀
一边高，一边低
低的那头把暮色压得更低
暮色更深时，我看不见她了
她在另一个深秋里

又回到我身边
重新坐在窗口的缝纫机后面
戴着老花镜
上油、装线、穿针、试机
为了我那条掉线的裤子
两条生活的线吧嗒吧嗒地
收拢着边缘的刺毛
线条均匀、整齐和笔直
像透过窗口，那条隐秘的路又出现

《诗探索》2020 年第 4 辑《红高粱诗歌奖获奖作品集》

荔枝庄的事

荔枝庄的事，是很小的事
是东边朗朗晴空，西边在下雨
中间是几块稻田，几粒鸟鸣落在地里

是一条河缓慢地讲着土白话
是一小片荔枝林，被一群鸟爱着
是蘑菇在雨后撑着小伞出嫁
两棵草在风中过起了家家

是六月的荔枝，七月的稻谷
九月的山
十二月的粽子
是一月的风在吹
三月的雨在树上挂着

是屋前的树和屋后的草
屋外的狗和屋里的猫
以及屋里的佛像、香烛
是合上双手的父亲向东方磕头、祈福

是通往春天的小路上，乡间的一头牛
把你带回童年的田野
被你爱过的野花
开在你无数次幻想的山顶

是离家的少年，回来时已经苍老
是院子里的母亲，一边掰玉米
一边眺望路口，把一轮落日挡在她额头

是那些陈芝麻烂谷子的事

被风一遍遍地吹起
又落下来
是彩霞下的江边，酿酒匠女儿的心事
她内心窖藏的小小哀愁

《玉林日报》2020 年 11 月 16 日、《诗探索》2020 年第 4 辑《红高粱诗歌奖获奖作品集》

挑担子的人

在荔枝庄，你会看到挑担子的人
一条扁担捆着两个箩筐
或走村买卖，或从山里田间回来
路上担子见到担子，会点点头
一担子重重的荔枝或稻谷
压弯了扁担，扁担就那样颠起来
仿佛扁担颠起来才有劲
颠过一座山，又颠过一条河
汗水和黝黑在脸上颠着
草帽在颠，脖子上的毛巾在颠
从心爱的姑娘身边颠过去
心也跟着颠起来
他们从村头颠到村尾
一边颠一边哼着歌，或大声喊卖
那样的人无论生活多么艰辛

他们也从不掉队
挑担子的人也有我年轻的父亲
他挑着货物走村串户
穿过荔枝林和水稻田
在新丰河边遇见我的母亲
那时母亲十八岁，面若桃花
看到挑担子的人
就看到了她将要度过的一生

《诗刊》2021 年第 08 期

回荔枝庄的路上

路泥泞，但不复杂
我踩着比我小的脚印
对准它们的每一个童年

经过一条旧路
五颗小石子蹦蹦跳跳地走在前面
母牛在路边吃草，偶尔抬头看小牛犊
看牛的人长着一张已遗失的脸

经过一条小河，遇到一支送葬的队伍
他们不吹唢呐，也不呜咽
默默地走过河西

而我在河东

天青色等来了小雨

土豆芽越过了黑夜

大地的秧苗刚刚站稳了脚

写与不写

在荔枝庄的日子
我可以写诗，也可以不写诗
写诗的日子胜过不写诗的日子
也许我付出的太多
也只是竹篮打水
但我喜欢这样虚无的打捞
水不在我这里，必定在河里
不在河里，也终究会在海里

《安徽文学》2021 年第 02 期

光照进来的方式

一束光从窗口照进来
像祖母手里晃动的抹布
擦亮了柜台上乌黑的佛像
光从门口照进屋里的宁静
照在被遗忘的墙上，一张全家福
照片上的青年已经老了，他正在屋外
一下下地劈柴，光也把他当作柴
扑向他，劈开他朽木般的身体
光从瓦屋顶的玻璃照进来
照着角落里一只拉网的蜘蛛
光直接走进一家旧院子
照进一个女人浑浊的眼睛
她正在掰春天的玉米棒
光顺着玉米粒一点点从她手中滑落
不紧不慢地爬上一颗石头

它啃食上面的露水
那是谁在昨夜暗淌的泪水
不远处，光在一棵荔枝树上跳舞
荔枝花像产后的女人，轻轻翻动身子
树下的男人在编织篮子
光洒下来，在地上留下均匀的格子
格子，像一种古老的语言
恪守在信赖的土地上

《诗刊》2021 年第 08 期

悬　念

一个故事看到没有悬念了
我便停下来
一场雨下到没有悬念，就停下了
人活到没有悬念，是不是没意义了
一夜之后，杯子里的水经过沉淀而澄明
不再纠结于自身
父亲活着，他早已知天命
他仍然相信人生是一本可读的书
他把书本往回翻
寻找他遇到的微光，并照耀我们
回忆那些年的清白和美好
他在晚年的混沌中，把过往又活了一遍

《南方文学》2022 年第 1 期

落日走下群山

男人赶牛从山头下来
落日慢慢越过群山
像山那边赶来的、跛脚的女人
跌跌撞撞地跟过来
她把霞光铺在群山上
一点点地把万物包裹起来
像一个女人收回她晾晒的衣物
男人挥着鞭子唱起了牛戏
歌声灌满她的心
她如妻子般，跟在他后面
被煅烧的心，红红的脸
草一样低下头
茫茫的草啊，不是草的孩子
就是草的父母
霞光填满它们之间的缝隙

山脚下，那个弯腰拾谷的女人
穿着土布衫，站在一九九六年的田野里
她怀揣深秋的子宫，小心翼翼地
捡回大地丢失的孩子

在地图上找到荔枝庄

要在地图上找到荔枝庄
必须把你的乡愁扩大一百倍
把河流扩大一百倍
把荔枝林扩大一百倍
必须让她的天空扩大一百倍
把大地上的一颗谷扩大一百倍
你必须从云雾里认出她
听出她的鸡犬之声
你必须熟练地叫出那些荔枝、龙眼、黄皮
那些公路、街道，那些山、水和旷野
那些花草的名称，那条河的来源
能用乡音搭讪那些经过你的人
能如数家珍地叫出乡人的尊称
还能倒背如流地说出族谱上的故事
你就能在地图上找到荔枝庄

《诗探索》2020 年第 2 辑

三姐裁缝店

在荔枝庄，我只去三姐裁缝店
上次三姐给我做的裤子
我整整穿了三年
我又一次走进她的店
今天我要做衣服还是裙子呢
我围绕布匹走了三圈
好像我已经从那里走了三年
我心里只有那一条裤子
再也容不下其他了

一滴露珠里的荔枝庄

草尖上的露珠，映照着荔枝庄
是谁的眼睛，安详而清澈地注视

是谁眼里深藏的一片海
被谁吹出的泡泡，照出斑斓的故乡

小小的露珠，总有大爱
容得下天地

在荔枝庄，你的眼睛总走不出
这方寸之地
在晨光中分娩出巨大的痛之后
被谁深情地凝望

荔枝林

这里只有荔枝林的书房
野草闲花，义结金兰

飞鸟衔白云、流泉穿过
它们的喉咙在颂唱一部山林史
人间似海，去苍茫的路上，它们成为苍茫

风吹过荔枝林，你隐约从林中走来
风吹过荔枝林，你在一部风的诗集里
在一只蝴蝶的羽翼上，终日颤抖

我把庭院的落叶扫尽
把自己从一株干净的植物里抽身出来
在一本书里，慢慢靠近你

亚热带雨林

雨水变成河流，
河流又回到天上，你重复着一个传说

我相信雨林的爱情
相信为爱冒出来的蘑菇

那年你披一身雨水来到我面前
白净
而羞涩的样子
在低头的陶瓷碗里

《安徽文学》2021 年第 02 期

飞鸟在山中

这多好，它们都找到了自己的前世
群山和它想象的一样
半生的疲劳，在这里得到安顿

它们获得了羽毛和天空
它们获得山林的居住权
它们获得美妙的嗓音

如果前世它们是唱戏的
就让它们唱个够，无须理会世俗的目光
无须因为世态炎凉
而抑郁

群山在此
欢唱百年

我在水中央

当我在水中央
爱我的水一次次成为漩涡
绕着我公转
爱我的月亮，天黑了
就满世界找我

我在水中央，我是岛
我是水的前世
是水中的暗礁
当你经过我，水就流得急
跌宕起伏也欢快

我是水，能吞下斧子、刀子
吞下闪电和喧嚣
我在水中央，是幸存者

是安静的鱼

我在水中央，是水的一物
是水鸟、水草，是泥沙
是水的断层
窥见的缝隙，又不停地弥补
保持完整、绵延
无形、柔软和简单

《安徽文学》2021 年第 02 期

野蔷薇

她打伞的样子
她小小的样子，她低头的样子
多像我

她的白多像我，倔强的唇多像我
她在大地低处匍匐的姿态
多像我

这个名字多好，多像我的名字
多像有人叫我
薇薇

我就会回头，寻找

《安徽文学》2021年第02期

薄荷糖

薄荷糖，是你
包裹糖的纸
是你写给我的
信笺
想你的时候，含一颗薄荷糖
一点点地感受它的融化
等味蕾长出
久违的薄荷和青草
舌尖留下了信物
如清凉的风，吹我
久久地吹我
古老的薄荷糖
是一阵比一阵清凉的风
是一场比一场更白的雪

在洁白的信笺上
铺开更洁白的爱

《安徽文学》2021 年第 02 期

春　风

在荔枝庄的坐标上
她携小雨，在屋顶来来去去
寻找她的出生地
一次次返回小草的居住地
喊醒虫蚁的故乡
她从来不觉得生疏和劳累
要把人间换个方向
推倒重来
在平静的内部
重新定义一具枯木的肉体
仿佛她一次次吹拂
是为了唤醒植物人儿子
仿佛一个出走的母亲
在返回的过程
重新获得了她的一生

《广西文学》2021 年第 03 期

豌豆花

秋收之后，庄上的地闲了
母亲开始耕地种豌豆
豌豆苗准备长高时
母亲就为它们准备了攀爬架
有时需要搭它们一把
将干稻秆扎在架上
等豌豆茎上爬满了豌豆花
小脚丫踩着梯子爬上
如振翅欲飞的蝴蝶
当母亲弯腰薅草
它们欢快地飞在她头上
如同她是它们共同的母亲
母亲不动声息地
妥妥地迎接每一朵花的一生
直到它们结下了豌豆

如同在这个家里
她对我们每个人的叮嘱
如何过好各自的生活
把日子过得风生水起

《诗探索》2020 年第 4 辑《红高粱诗歌奖获奖作品集》

深秋的柿子树

若隐若现之中，我看见深秋的柿子树
爱吃柿子的女孩，站在树下用棍子打柿子
听见少年躲在柿子树对面喊她

少年喊她一次，柿子就掉下来一个
直到所有柿子都掉光
现在，我越看柿子树，它越辽阔
一只只柿子在头上，像无数从头上走过的月亮

对面的小屋，从那里出来的少年已经苍老
当我再次返回小屋
小屋已消失不见，那里变成了旷野

我回头，柿子树也不见了
一个女孩站在那里，对着我笑

她曾经以为得到最大的柿子，就得到全部的甜
而现在，最大那只柿子是天上的月亮

《诗探索》2020 年第 4 辑《红高粱诗歌奖获奖作品集》

回到荔枝庄

荔枝在树上挂着，等攀爬的人
你要认出一条小路，路旁长着灯盏菊
对，那是母亲在挑灯等你
雨水中的家，有年迈的父亲
他依旧在种水稻、百香果和玉米
卧病在床的祖母念叨你的乳名
她的目光燃烧着祖父的柚子树
但它在十年里再也不结果
秋天已尽，回荔枝庄的路又多了一条
你依然走那条泥泞、曲折的旧路
桃树已老，桃心一直带在你身上
你抚摸，感受它曾经磕在心口的疼
岁月豢养了泪水，也豢养了老虎
只有回到荔枝庄，你才做回一株植物
像那些善良的地胆头、雷公根

你可以绕山而过，重温一遍上学路上
五颗童年的小石头走在你前面
因为熟悉，再远的山路你也绕过
当月光接近你，狼嚎唤醒你的高山
父亲披着星光，举着火把走在前面
山上的小屋在你抬头那瞬间亮了
岁月变成了慈祥的老母亲
一只萤火虫将心里的瓶子轻轻荡漾

《诗探索》2020 年第 4 辑《红高粱诗歌奖获奖作品集》

荔枝山

荔枝山上长满了荔枝树
荔枝花开时，荔枝庄就像落了一场雪
我喜欢爬到山头，在那里坐一坐
清凉的风，吹着云里少年的白衬衫
内心的鸟群如潮水涌向远方
听听山那边，是否有呼啸的火车
带来你经过荔枝庄的消息
有时看看路口，有没有亲人探访
听久了，耳朵也有悠长的隧道
看久了，眼睛像那条容易流泪的河
坐久了，黄昏就是我另外的样子
常常是在黄昏的路口，我看到
从城里来的伯父，带回他整理的族谱
他越来越相信落叶归根
给自己准备后事，给后人留下点什么

《诗探索》2020 年第 4 辑《红高粱诗歌奖获奖作品集》

米酒之乡

欢迎来到我的故乡
这里的空气处处有酒香
像女人日夜散发的体香
像母亲终日围在身边
荔枝庄的人爱喝米酒
和着一碟花生米喝
也能把一天过了
小酒馆里终日播放牛戏
曲终人不散，灯亮到深夜
听惯悲欢的人已经睡去
本地酿酒师傅也老了
他的酒缸装下了一万亩的稻香
大小酒坛摆满了他的房子
每一坛都有窖藏的故事
我们喝酒盛的是大碗

亲戚朋友来了，总要喝一喝
说一说掏心窝的话
喝米酒的都是跑过了中年的人
都是对故乡念念不忘的人
谁试图在酒桌上比划老旧的事
谁就走不出故乡这张小小的地图

《诗探索》2020 年第 4 辑《红高粱诗歌奖获奖作品集》

庄上的女人

她们在田间切磋手艺
在树荫下谈论风，谈论云雨
如同叽叽喳喳的鸟们
她们在门口掰玉米
在制衣厂赶工
背着孩子在路边摆摊
在山里打柴
在屋里烧火做饭
和自己的男人吵嘴
一边骂骂咧咧一边忙着削土豆
新婚不久的女人
她的男人就去了外地打工
家里就靠她撑着
一夜之间，她接过男人的活
磨亮了生活这把刀

如果没有她们
荔枝庄是多么荒凉
她们每个人都是会嚎叫的月亮

《诗探索》2020年第4辑《红高粱诗歌奖获奖作品集》

打榄角

小时候的榄角树长在屋后
父亲用竹竿打落熟透的榄角
有一些噼噼啪啪地落在屋顶
在厨房里忙活的母亲听着
像冰雹打在瓦片上
像锅碗瓢盆的敲敲打打
多欢快，数也数不过来
我们捡地上的榄角
用竹竿抖落屋顶的
多好看的榄角，多好闻
榄角的光亮让我想起
母亲把这个家里里外外都打理得
透亮、清香
外婆在的时候，每年她都会把
腌制好的榄角送过来

夹着饭吃的榄角，香过肉味儿
外婆没送来那一年
母亲在榄角树下哭了好久
像外婆变成了榄角树
后来我们打榄角时
我总觉得榄角树会痛
打落在瓦片上，榄角的心是脆的
它会痛
母亲也会痛
腌制过的榄角再香
有一刻也会扎痛伤口

《诗探索》2020 年第 4 辑《红高粱诗歌奖获奖作品集》

白月光

我喜欢看很白的月光洒在地上
它的白仿佛一场无形的雪
它的辽阔和干净映照尘世的我们
给默祷的人送去一场白月光
也给穷人送去一场白月光
唯有安静和一无所有
才配拥有这样的白月光
那晚我从窗口看到一轮明月
亮堂堂地伏在对面的屋顶
那样的白，带我回童年的山顶
那样的白，仿佛月光爱人在写诗
那个披着白月光赶夜路的人
必定是一个对尘世深爱的人
那个凌晨起来出工的人，必定是
那个踏着月光，在海洋打捞生活的人

最后的守林人

一生中紧握夜晚的光
远离尘世，追逐鸟鸣和绿意
没人听见他喉咙里混浊的河流
没人看见他的影子，正被月亮吞食

一生像风一样行走
被鞋子磨得光滑的山路，最后将他绊倒
一生犹如乱石，从陡坡滚下来
荔枝山的落日给他戴上永久的勋章

在荔枝庄，他是唯一视山林为知己的人
他的孤独比山林辽阔、葱绿
跟了他十几年的狗，也老了
却不肯离开他和山林

他葬于林中，乱石埋于荒草
过不久，他的狗也死在
同样的地方
同样的地方，他把它带回山林

《诗探索》2020年第4辑《红高粱诗歌奖获奖作品集》

小小村庄

母亲活在小小的荔枝庄，小小的亚热带故乡
小小的像寄居在天边的一朵云
小小的像躺在地里的一只土豆
潮湿的青苔、蘑菇像空气般萦绕
荔枝林里寄居着成群的蕨类、地胆头、雷公根
它们一起过家家，玩泥巴，捉迷藏
荔枝庄的孩子像一垄垄的风在跑
一条小而偏执的河，有上游人家的耳语
一条小而细长的山路，有女人从山里打柴归来

《诗探索》2020 年第 4 辑《红高粱诗歌奖获奖作品集》

落日中看见生命中重要的事物

总是在落日时分，我看见母亲弯腰割稻谷
金色的稻田像古老的河流从她身上淌过
挑着谷子走上山坡的父亲，被一轮落日截住

看见落日在荔枝林里爬，一个个地喊山里人回家
或者把一些事物揉进她的心窝
看见祖父从竹林返回时，头上顶着一场雪

田野上姐姐牵着一头牛，走过生命的十四个年头
然后她跟随绿皮火车，穿过最后的落日
驶出荔枝庄的歌谣，被远处的刀口收割着

落日像一个跌跌撞撞的母亲，那个晚上
落日追到很远的地方，却迟迟不见母亲回来

稻草垛像小山一样隆起，等天边的牧牛人
在暮色中举起一把更亮的镰刀

《诗探索》2020 年第 4 辑《红高粱诗歌奖获奖作品集》

老水井

从上面看下去，井水是足够的
足够的干净和清凉
石头养着青苔，青苔养着水
水养着深处的人家
隔壁的五娘还是从井里挑水吃
井水能解她身体的热毒
像她说的，井水还可以续命
她提着水走上坡，水在桶里摇晃
打湿她旧布料的裤脚
上了年纪的扁担吃力地颤动
靠老水井生活了几十年的人
有一天也离开了老水井
只有五娘还过着老水井的生活
她用井里的水，养她苦苦的命

《诗探索》2020 年第 4 辑《红高粱诗歌奖获奖作品集》

荔枝庄的母亲

荔枝庄到处都有母亲的影子
像到处长着的蕨类植物
菜园、丛林、田野和河流
都是她喂养的
天空是她的另一种向往
鸟一阵阵地从她心里飞出来
鸟鸣是她发出的，那清凉的歌声
有时，我需要越过暮色找到
扛着一把干草的母亲
我需要大声地喊她
回家吃饭
母亲在旷野上如一只奔跑的土豆
身上沾着泥，丰满又轻盈
有时，她奔跑在九月的稻田里
穿上金黄的旗袍

她是多么骄傲的稻草人
有时，在大雾弥漫的早晨
母亲披着白茫茫的露水
去山坡给牛棚的母牛接生
有时，在地里劳作之后
母亲在荔枝林里换下汗湿的衣服
或者在小河边洗澡
不远处的玉米总探出头看她
有时，母亲在消失的木屋边小坐
盼着骑单车归来的父亲
像雨水一样回到她心里
有时，她向一只蝴蝶学习
在起风的旷野上跳舞
跟着周围的植物摇曳
直到她也变成一株忧伤的植物

风不停地吹她
她的舞姿令人琢磨不透
又藏满了秋天的心事

《诗探索》2020年第4辑《红高粱诗歌奖获奖作品集》

荔枝树下

这是桂粤交界的荔枝庄
连绵的荔枝林，几百户人家
你来，我和你聊聊荔枝树下的故事
从荔枝树摔下来的少年阿金
只能在轮椅上度过余生的他
在庄上开了一家手机修理店
终日睡在荔枝树下的傻子
有一天跟一辆车走了
在荔枝树下唱戏的五娘已经老了
她在风中打盹
后山上，她给自己找了块地
她还要唱，唱到再也唱不动
唱荔枝庄那些鸡零狗碎的事
唱东头杀猪的
每天在刀口上讨日子

西头做豆腐的凌晨起来拉磨
她也唱她自己的悲欢
十几岁嫁到荔枝庄
一婚嫁的男人死后
二婚嫁给了堂叔子
儿女反目成仇，一个个离开了她
谁都知道她
是一出总也唱不完的戏
她一边唱，一边活
对于那些悲伤，她仿佛是局外人

《诗探索》2020 年第 4 辑《红高粱诗歌奖获奖作品集》

吹唢呐的人

在荔枝庄，吹唢呐的人
大多是那些连接生和死的人
是那些安抚了灵魂
喉咙装着大悲咒的人
他们是一群老者，或是中年人
他们见过众多的悲欢
众多的生死
他们的唢呐声空旷而辽阔
有，或者什么都没有
他们就那样平静地吹，使劲地吹
在深夜，或某个黄昏
从东头吹向西头
像群山的连绵起伏
他们就那样不停地吹
像风吹着村庄每个角落，隐秘的角落

吹起的那些陈年旧事
又落下来
把沉重的肉身吹成一粒尘埃
把尘埃的一生从大地吹起
吹向另一条河

荔枝庄的竹林

我无数次往返于竹林
竹林深深，通向虚无之境
竹节在时钟内部循环
听时间里一节竹子的修行
结实、光滑而挺拔
风中有一座无形的小庙
风在竹叶上不停地修剪它的尖锐
风声如同小僧的低吟
岁月由青通向天空的白
压弯的是我这些年一直在外的时光
那些笔直的部分属于童年
还有一些埋在底部的事物
又不停地长出来
还有一些新的来客
比如，一只松鼠在林间隐居

看到我来，从开始的惊恐
到后来的欢喜
今年春天，她生下了小松鼠
如小鸟在林间跳跃
我突然惊觉：我们如此相似
恍若，竹林里有我的另一种人生

《诗歌月刊》2020 年第 8 期、《诗探索》2020 年第 4 辑《红高粱诗歌奖获奖作品集》

月　光

月光均匀地分给每户人家
她惦记越深，走过的地方就越远

在荔枝庄的夜晚
月光是最深情最漫长的陪伴

月亮安静地伏在你的山顶
夜越深，她越像一个人

更深处
总有一列火车穿越你的梦境
那空旷的车厢，呼应她的明亮

《诗探索》2020 年第 4 辑《红高粱诗歌奖获奖作品集》

叫荔枝的女人

荔枝是成熟的，又是年轻的
每个爱荔枝的人
都想掰开她
看看里面那个晶莹剔透的小女人

在荔枝庄，你见到的荔枝
都是一个个女人，无论高矮胖瘦
无论是左边还是右边
她们都是有家有孩子的女人

她们身穿火红的旗袍
撑着绿叶的小伞
她们是每年都回荔枝庄探望娘家的女人
你看，这些荔枝都越过了苍凉
结出了人生的甜

《诗探索》2020 年第 4 辑《红高粱诗歌奖获奖作品集》

三月福音

请带我到山顶，看云层里的寺庙
如何把雨播撒人间
山下的稻田如何得到恩赐

然后
山上有花

山下有踏青的人，他们脚步轻盈
借小雨弹奏
胸前的大风琴

我从三月穿过，我因此获得福音
纵然与桃花擦肩而过
我却获得了桃心

晨雾中的荔枝庄

经过一夜之后
草叶像是眼睛，露珠是婴儿的眼泪
不
那是草叶的女儿
那是草一生中最动人的部分
我的母亲在雾色中穿过辽阔的荔枝林
抵达她的玉米地
雾水沾湿了她的衣服帽子
她哼着歌儿，弯腰，成为大地的一部分
这是三月，荔枝林在雨水中
抵达花期
林中的木屋，它站在那里
等我年轻的父亲归来

《诗刊》2021 年第 08 期、《诗探索》2020 年第 4 辑《红高粱诗歌奖获奖作品集》

老了，我们回荔枝庄去

老了，我们就回荔枝庄去
像春天才刚刚开始
我们种下幼苗和小树
像重新种下干净的我们

篱笆围起我们的小日子
我们烧火、做饭，以及修补物件
为我们曾经丢失的时光
为我们曾经摔破的锅盆

我们的屋檐需要重新搭建鸟巢
为了重新认识鸟鸣
为了那些被忽略的风
我们围着稻田，聊花朵和果实
聊一生的雨

天气好的时候
我们在田野里穿街走巷
拜访每户人家
和土地上的一草一木结亲
他们都祝福我们
祝我们像地里两颗相爱的土豆

《诗探索》2020年第4辑《红高粱诗歌奖获奖作品集》

养蜂人

荔枝花盛开时节，他主动当起了媒人
带着万千蜜蜂公子来荔枝林举行相亲盛会
荔枝花小姐早已洒了漫天香水
他们学会了甜言蜜语，还学会隐藏针刺

大热天，他戴着长长的青色大帽子
不见音容笑貌，悄悄做起了月老
抹着口红的老板娘在路边喊卖蜂蜜
吆喝的嘴唇火辣辣的
又红又大

每到这时荔枝庄都热闹非凡
蜜蜂忙着到花丛中谈情说爱
田间地头都排满了度蜜月的蜂箱
养蜂人原是个外乡人，他来荔枝庄已多年

二十多年前，他爱上荔枝林的女儿
就在这里生活结婚，还年年养蜂
还养了一窝甜蜜的儿女

口　琴

一只童年的口琴，落在灰尘里
陌生的锈迹从往事里长出来
它的背面，刻着姐姐的名字，那年她十二岁
她渴望到城里表演
但没去成，如今她只是一个乡下农妇

我摸了摸琴口，有她的标记，有被搁置的春天
白衬衫，红裙子，白布鞋
头扎蝴蝶结的女孩就站在我对面

请再陪我吹一次
我们再来一次
让我们吹出一九九八年春天的形状
树上的荔枝花，再一次落下来

那个春天，草在疯长，鸟渴望离开故乡
我们姐弟并排站在荔枝树下
每个人都拿口琴吹着
整齐合一

河岸边的柚子树

河岸边的柚子树是祖父种的
祖父在的时候它结满了柚子
酸酸甜甜的让人嘴馋
我们爬上树摘最大的那个
等中秋时，把它放在桌台上供着
等亲人们从远方赶回来
围在桌台旁，在月光里畅谈
柚子总是静静地听着
父亲说柚子树是有灵性的
祖父死去的八年里
它再也不结果
无论河水如何青绿、丰腴
它却一年年地枯萎，叶子落光了
躯干被啃食得伤痕累累

坚忍的树，被岁月压弯的树
长满青苔的身躯像一头牛
像极了祖父生前弯腰锄地的样子

天空有鸟

我坐在石凳上看天
看天空里的小鸟飞过
天空有鸟就有了灵魂
天空有鸟鸣就有了喜悦
鸟鸣是最干净的语言
是鸟在天空里写的诗
天空的大是故乡
小鸟的小也有故乡
天空的大是智慧
小鸟的小也有智慧
小鸟在天空里是动情的
我在大地上，一动不动
也是动情的

一生的雨

记忆里总有个淋湿的父亲
走在雨中的荔枝庄
桂东南有无数这样的父亲
在雨中养家糊口
他们穿过雨中冰凉的玻璃
擦拭生活的光
雨在他身上留下漫长的记忆
像他患的风湿病
多么显而易见
像他的后来，他老了
雨仍在他体内不停地下着
命定的雨
失控的雨
苍老的雨
全都在他心里下着

在晚年的夜里
有幽暗的，也有明亮的
有不可说出的密集和苍凉
雨声有时汹涌，有时沉默
在不能言说的角落
雨水有漫长的一生

两个异乡人

傍晚的荔枝庄来了两个异乡人
走近才知道他们是一男一女
陌生的口音让我们抗拒
人们谈论着他们脸上的悲伤
以及身份和行为的诡异
像谈论秋天两根枯瘦的稻草
他们是来村里找孩子的
他们两岁的孩子丢了
他们给我们看孩子的模样
照片上的孩子对着我们笑
那孩子和别的孩子没什么区别
但我们谁都不认识他们的孩子
他们一无所获地走了
直到他们变成了两只蜜蜂
最后又变成两个黑点
走上一辆车，消失在暮色中

剥荔枝

剥荔枝的女人
从少年来到了中年
喜欢的甜
一点点地变淡
当她把自己从荔枝的甜里剥出来
一场雪已经将她包围
如今，她学会了把暮晚的霜，嚼出甜味
她剥荔枝的样子一点没变
但手没有当年的水嫩
像荔枝皮一样粗糙
她把果肉塞到孙女嘴里
孙女笑了，她也像个孩子那样笑了
她把甜的部分给了别人
正如那个春天，吃过荔枝花的女人
在苦的日子里吐出了蜜

在车站

在车站，总有人举着牌子喊：东莞、龙岗、深圳……
他们急速的喊声让人紧张
总有人过来询问你的去向
有人冲进车站，急急地追着一辆大巴
有挑着两个蛇皮袋的人挤上了一列车
列车也是一种时间，指向天南地北
有稚嫩的少年坐在车里，等车开走了
有一个母亲趺趺撞撞地跟在后面
有时我们转身，看到大巴车上有一个相似的少年
闪电般穿过北流街
然后又出现在东莞厚街
他蹲在街边，啃着馒头，像个流浪儿

月光曲

月光有人，月光有路
那上面铺满真挚的故乡
月光的船在摇曳，带着童年的桨
摇啊摇，摇到外婆的池塘
把外婆的脸摇出了皱纹
月光呀，她踩着小脚丫
照着一群萤火虫从田野上走过
直到她把它们送回家
祖母正在院子里喊我
那声音撞开了月光里的小辫子
再回头，我却找不到她了
月光有人，月光里有小屋
小屋里有一家人的生活
月光也是亲人
她能喊出每个人的名字

月光有人，月光里有山顶
山顶有一棵月光树
树上结满月光的故事
那是爷爷说过的，也是他留下的
也是我一直压在箱底的
月
光
曲

深山木屋

它独享这山林，闺中的少女
被青苔耽误
它有被驱逐的往事
时代一再呼啸，它是静止的
生锈的铁还藏着火苗
朱砂一再落泪

牛在屋顶吼叫，呼唤远山
一条铁轨飞过深山
劫走花朵
暮色把少女养成老妇

在木屋住过的少年
在铁窗里，翅膀和山林被带走
每天他清扫房子

把木屋搬到监狱，悔恨开出了花朵
如此动人，好像回来过
好像，从未离开过故乡

圣堂山顶

是什么带我到山顶
在雨雾的缭绕里，我的呼喊
不比一只蝉有力度
一群往上跳的青蛙
我的脚步不比它们有弹力
山顶一定有神
是他托付石阶一次次带我上去
我爬到山顶
也是为了在离天最近的地方
看他如何悲天悯人
看一棵孤独的铁杉如何在云雾里
像鹰一样搏击、嚎叫

掰玉米的女人

从玉米地扛回的几袋玉米
像枝头的果实压弯了她的腰肢
它们的金黄像葵花收割大地的阴云
玉米粒藏着她珍珠般的脸
它们的坚硬饲养了她钢铁的心
三岁大的女儿趴在玉米堆里睡着了
玉米痕印在她的小脸上
摇篮里的婴儿像沉睡的玉米粒
哺乳期的女人是水做的
胸前的起伏让玉米有了幸福的颤动
女人安静地掰着
一颗颗从她手中漏下的
是一些无法再回到母体的孩子
她深深地俯首、弯腰
把乳房垂得更低，一个饱含春天乳汁的人
遍地的玉米都是她喂饱的孩子

土豆花

她们披着蓝在风中跑
像起舞的蓝蝴蝶
在夜色里跑，在疼痛中跑
脚下有小小的爱
头上有小小的天
她们脸贴着脸
说着那些苍凉的往事
土豆在下面静静地听
他们拼命地长
仿佛一夜之间
就能变成她们喜欢的样子
不管怎么变天，一朵花怎么疯
都有一个温暖的土豆爱着她
无论花开、凋谢，还是腐烂
像我爱着的你

你在玩沙

你在玩沙
口里说着玉米、土豆、茄子……
你想从沙子里变出它们
一粒沙溅入你眼里
你喊痛，睁不开眼睛
瞬间的黑暗让你抱紧我
沙子出来了
我悬着的心才降落
不一会儿，你又去玩沙
沙里的一只蚂蚁和你捉迷藏
你喊打它
小小的铲成为凶器
我在你后面观望，无动于衷
蚂蚁惊恐地躲在沙子里
像我躲在你身体里
不想出来

从前的月色

从前的油灯昏黄，掐灭了
夜里就只有月色
在隔壁的奶奶唱：月光光，照地堂
阿嬷织网要织到天光……

月色爬上山坡
一间小屋，也不见孤零零
门也锁不住月色
窗前的月光照见墙上的老照片

爷爷在月光里织篮子，赶着明天圩日
邻居从山下打水回来
他哼着歌儿，经过铺满落叶的山路
水桶里的水融着月光
一点点漾出来

借着月色，父亲骑着单车回家
母亲能听见父亲
在山脚下踩着月光上来
她在心里默念他的脚步声，直到他到达门口

父亲和母亲在院子里乘凉、聊天
说起土地上的事，说起村里鸡零狗碎的事
手里摇着葵扇子
仿佛月色沙沙漏下来

稻草人

我又见到了稻草人
站在田野里，有时踮起脚张望
像最后的守乡人

多么温暖的稻草人
它久久地站在那里，安慰受伤的庄稼
却忘了自己的枯瘦

当它对着一缕升起的炊烟
喊痛
烟囱那头的母亲
眼睛被熏出了泪水

当一只鸟站在它头上
回忆
天空矮了下来

暮　晚

暮晚时分
鸟群就会回到窗前这棵树
它们的欢喜
也像我的欢喜
一棵树在越来越近的中年
它的颤动仍然有节奏
爱都有迹可循
每一年的枝头都不会因为落叶
而失忆
一种深情
一年比一年有默契
暮色更深时
我分不清哪些是鸟
哪些是树叶
像一种事物

在另一种事物上获得欢喜
而融为一体
只看到它们不停地跳动着
生动着……

《广西文学》2021年第03期

第三辑

石头也有悲悯

石头也有悲悯

石头虽重，但它也有悲悯
它没有把土地压得太实
它愿留出一些缝隙
让风自由地吹进来
让一些蚂蚁住进来
让那些草探出头来
草的柔软也是它的柔软
它安安静静地坐在乱世中
它的光滑和通透也是悲悯

《诗刊》2021 年第 08 期

白蘑菇

一夜之间
这一朵白雪，不知是从哪里飘来的
拧在家门口，不走了
我看不到她的样子，她低着头，羞答答地喊我姐姐
雪白的身体有几处脏兮兮的黑
她习惯了南方的雨
她一定知道很多南方的秘密

这个可爱的小乞丐
我认出了她，她就是在雨林走失的妹妹
一下雨，我就听到她说回家

《星星》2018 年第 08 期

一首诗

春天里，我要写一首诗
写得慢一点，春天才刚刚开始
简单一点，就写十六行吧
像十六岁的简单和天真
一些事物如此洁白
写着写着，纸上就下起了雪
在字和字之间掀开一点
就有光照进来
明媚就照进心窝里
明媚是一个小小姑娘
喜欢一个人就在纸上
写下他的名字，并轻轻按住

我将获得短暂的羽毛

在获得羽毛之前
我希望腰肢更细一点
踮起脚尖时要有一双舞蹈鞋
有宽松的衣服和裤子
张开手，像白色翅膀
谢谢你送我的羽毛
谢谢短暂的恩赐
谢谢身体里可爱而轻盈的女儿

《诗歌风赏》2020 年第 1 期

天上的恋人

有人向往她，像向往天上的云朵
有人遇见一次后
一生都无法再见第二次
只在心里为她修建一条铁轨
当你老去，想起一生中的际遇，悔恨，恸哭，泪眼朦胧
当你年轻，留恋，忘记风景，退回原地
一列火车正通往云间

《诗刊》2018 年第 06 期

擦皮鞋的

她为你弯下卑微的半身
为你换上另一双鞋
为你擦亮蒙尘的事物
她身边，一个小女孩蹲在凳子旁
在画册上改改涂涂
头上脏兮兮的蝴蝶结，也跟着动起来
你逗她笑，她眼睛里有弯弯的羞涩
低低的，是模糊混杂的外地口音
小城的鞋从她们眼前经过
擦皮鞋的听得懂每双鞋的语言
她不吆喝，也不向鞋讨要
只顾低头，暗地和灰尘较劲
她低头的样子让你想起
低头缝补的母亲
一双皮鞋擦好时，光在滑亮的鞋面吹过

照亮街角这对母女
像小女孩眼里倒影的城市
雨洗过一样洁净
你递过钱，擦皮鞋的又一次低头
风轻轻吹着她头上的白发
你又想起了小时候给人低头道歉的
把你领回家的母亲

雨　夜

要多大的雨，才能压住一条汹涌的河
要多深的夜，才能惊动一道闪电，照出浅水湾的一片草
现在，雨水收走了它们

一支安魂曲，一道鸣笛声滑过村庄
雨雾中的大海摁住了一条河
河里的人不紧不慢，打着上游的灯盏
送走一条很深的鱼
河岸边的警车，在雨夜中闪着灯，等一个有罪的人

它们勾起了一个女人的眼睛
眼里有潮湿的词语

南　方

大风扑来，草们伏倒，搂紧自己的故乡
南方在雾色中赶来，驮着苦难的光亮
一匹古老的马喊醒了黎明

草们，一开口就失语
是我，也是我，大风吹了一千次，也是我
泪水淹没不了的南方，也是我

我望不到尽头的，马不停蹄地被风追赶的南方
瘦的是河
瘦的是母亲

南方啊，说起往昔雨打风吹去
说起田野上白茫茫的流走的月光
我就感到羞愧

回去是一条回不去的路

我的命根，只有自己知道
适合我生长的地方
都有南方的菩萨

南方，我没有为你缝过纽扣
我穿着母亲穿过的衣服
在你身上流浪
在你身上饮食雨露
在你身上刺青，撕咬并揳入你
我的南方
我是你感性的在山水间唱着民谣的
又流着泪的女儿啊

咖啡馆时光

那次深夜，一间咖啡馆
收留了我们
吉他手来自异国
在我们对面歌颂动情的时辰
两个人就无边无际
人间不会落幕
不会无端流泪
我们占据门口最好的夜景
光从我们后面倾斜下来
咖啡馆准备打烊时
我们像世上最后的两个影子
离开你之后
我的嘴唇是一只咖啡色的蝴蝶
总在黑夜里飞
寻找一个可以依靠的杯口

一种上瘾的习惯
被我保留多年
相片里，一头咖啡色的卷发
还没有被岁月剪去

卖猪肉的阿姨

她在附近的市场摆摊，来自我的故乡
操一口隆盛口音
看到她，就看到她背后的故乡
人潮涌动的河东街、河西街
我习惯去她那里买肉
她会把新鲜的猪肉给我留着
忘了带钱她也给我赊着
有时我没来她也等半天
有时我去也是为了和她唠叨几句
随口而出的家乡话
证明我也是有故乡的人
证明身体里的乡音还在
更多时候我是想看看她
看看这个朴素善良的女人
看她四处吆喝人的样子

看她剁骨头啰嗦的样子
多像在乡下卑微活着的母亲
仿佛这些年，是她替母亲和我交谈、问候
和我一起忍受孤独、寒冷
这些年我在城市始终有一种漂泊感
也没有固定的朋友
她是唯一一个使我和故乡有联系的人

《星星》2019 年第 11 期

庙　会

今天，我在一场雨中抵达清晨
窗前的玉兰树，被清洗过后
散发着她该有的清香
在一切寂静中，我感到轻微的歌声

今天我要去马寨参加庙会
今天是小雨，多云。桂花呱呱坠地
人间窃窃私语

在庙会，我遇见的人都像是故人
都是心怀春天的人。香火照亮我们的脸
香火从人群中升起我们的马匹
隐秘的愿望正在大地上悄悄生根

俯首苍茫的人，像一株干净的植物

春风吹过小庙，春风关照穷苦人
菩萨在人间
小雨滴在庙檐端坐

黄昏是一只鸟

黄昏是一只鸟
那么辽阔的天，它在飞
有时降落在山头
它鸣叫，喊路上那些人回家
它喜欢在西边的树梢上
远远地筑一个巢
让另一些鸟飞回来
或者给赶路的鸟撒一些米食
它们就扑棱棱地飞过去
或者在天色将晚时
在天空飘起黄色纸片
安静地带走一个人
或者守着一个回不了家的女人
她坐在路口，眼睛哭过一样
或者在拥挤的车站出口

送别一群异乡人
或者，经过睡在街边的人时
在他耳边鸣叫几声
然后飞向他梦里的故乡

冰　花

看到一根枯枝长满冰花
我和小伙伴都惊住了
它重重地下垂
它晶莹剔透，层次分明
像一朵真正的花
它有不容置疑的骨骼和尊严
越过往事，它曾经也是一株花
像这样一模一样的花
它需要多深的怀念
需要忍受多冷的暴力
一根枯枝
才炸裂般地开出这样的花

给母亲梳头

第一次我给你梳头，我的母亲
花白的头发覆盖着你，让我找不到熟悉的你
像打扫一片荒草和积雪，我的手微微发抖
从八十年代的长辫子开始，你的头发一短再短
第一次你剪发是为了换钱，我像看到月全食那样心慌
你头上有亚热带的燥热，有隐藏多年赶不走的季风
有常年的日晒雨淋，你怎么能长久地忍受头疼？
像在荒郊野岭，我听不到风吹草原那种声音
正如你所说，我在你的头上听到火车一样的轰鸣声
穿过耳朵的隧道，它们怎么能让你安睡？
我的母亲，你这样为我们奔波劳碌一生，值得吗？
她们过着富足、无忧无虑的生活，你感到悲伤吗？
美人迟暮，你早早地把日子过白了头，你难过吗？
我的母亲，黑发不是春风吹又生，是雪越下越大
是手里这把木梳子越来越旧
是我第一次俯瞰你的头顶，就看到高原上永恒的雪山

月亮有时是圆的，有时是弯的

月亮在天上，她并非遥不可及
月亮有时是圆的，有时是弯的
她生病了，我们摸不到她的额头
但她一直在夜里照着我们
她月光的小手摸过我们每个人
她能喊出每个人的名字
我们只有想她时，才抬头看看她
她有时是圆的，有时是弯的
她有时躲在树梢里，有时就在头顶
没有人真正看懂了月亮
就像我们，并没有真正理解母亲
她挂在那里，像一件物品
她的阴晴圆缺总被我们忽略
我们没有理解一寸寸缩紧的月牙
因为我们没有看到它的难言之痛

父亲的单车

父亲是个怀旧的人
比如用了二十几年的单车
他还在用
坏了，他给它修理
蒙尘了，他给它擦洗
单车是他人生路上的寄托
只有他熟悉它，他能使唤它
他骑着它去过很多地方
他骑着它接回他的新娘
他骑着它在村里喊卖雪条
他骑着它领回我的大学录取通知书
有时横梁坐着弟弟，后座坐着母亲
像时光深处一道古老的风景
后来他也不爱坐摩托车和小车
我们坐小车，他就骑着单车在后面追

他永远是那个追着生活跑的人
有时必须拼尽力气
但他踩着单车的身影
却是一首不被人读懂的诗
有一次，我看见放在厅堂里的单车
像一匹等待主人的马
还能听见哒哒的马蹄声
鞍座的光亮永远在等一个男人归来

镜　像

我有过无数这样的时刻
面对一面镜子，突然沉默
镜中的人在一遍遍地审问我

我交代了时间、地点和罪
如同我又擦洗了一遍镜子
这样保持应有的洁净

改变角度，微微转过身去
就这样，在镜中合适的位置
安放孤独、暗淡的那部分

或者为镜中的荒芜
让出一条可能的路

一模一样的苹果

当生活再来一遍时
我找不回一模一样的苹果
从前我吃过的那只苹果
现在的我握着另一只苹果
我已经找不回从前的我
也找不回那一只苹果
那样大小合适那样深刻的苹果
那样粉嫩如同少女的脸颊
那样可以摸到心跳的瞬间
这一秒也回不到前一秒
未来我将失去更多的苹果
那些苹果以各种各样的方式
消失在我的生命里
我总想找回那只一模一样的苹果
那时它在你手中，被你握着

抚摸、旋转、深情地凝视
剥下的皮可以变成一朵玫瑰花
那只苹果饱含了生命里最甜的部分

怀　念

我怀念很多年前
我跟一辆绿皮火车去了远方
远方有雨落下
雨淋湿了风
很多事不可思议地发生：
遇见金黄的油菜花
你的小镇像蝴蝶飞在花丛中
高跟鞋在桥上失足
使我在小镇停留
那天雨水有蔷薇的气息
风从麦田上吹来
我误入一条河
月亮是个暗示
你触到了我
内心的最柔软的花朵

像河流暗涌着
走过起伏的原野
最后在西边消失
我爱过的麦田上的河
被风吹走了
很多流淌的事物
也一一逝去
在那个小镇的车站
一只蝴蝶就把我带走
我如此平静，我两手空空
而时光走过之处
总会竖起一块墓碑
我对往事发誓
我始终不敢交出你
交出你就交出我苍茫的一生

是什么带我到山顶

人生疲惫，是什么带我到山顶
是天空的清澈和蓝，是山顶无名的野花
是为了眺望山脚下的小小村庄
是为了看见一个人沿着河岸走回来

是什么带我到山顶
是为了摸一摸天空，是为了触摸落日
是为了听见两个人在山谷里深情地对唱
是为了听风吹来山脚下妈妈的喊声

是为了心中的群山，是为了心中飞翔的鹰
有时只是静静坐着，在无限的高处
那里松针坚硬，替我在时间里缄默
那里灵魂获得了树冠的加冕

人生疲惫，是山顶一次次收留了我
山顶有隐隐的爱，是山顶托着卑微的我
我从山顶获得的安慰，足够我在山下过一年
我在山顶听的风，足够我在山下回忆一年

时光太快，最缓慢的是坐在山顶
我缓慢如山顶，山顶从不催促我下山
山顶是另一种人生，俯视蚂蚁，远眺苍茫
山顶像古老的箴言，黑暗中呈现永恒的星辰

母亲喜欢的歌

母亲喜欢的歌
她听了一遍又一遍
我的母亲那么孤独
她需要一个人好好爱她
而不是一遍遍地听歌
我的母亲她老了
她听着听着就忘记了关火
她听着听着就睡着了
我的母亲多么孤独
她还有那么多事没忙完
她还要抚养那么多孩子
孩子们都不懂她
孩子们都不喜欢她的歌
我的母亲那么孤独
她把饭菜煮好了，又放锅里热着

她坐在饭桌边等我们回来
她一边等一边听着歌
听着听着就想起了我们
想起远方，她要把日子数一数
没有一首歌可以唱出她的孤独
古老的月亮也不能
她还是一遍遍地听
她在歌声中回到了她的故乡
她老了，她坐在那里睡着了

猜 想

她曾猜想过另一种可能
假设的生活，假设的花园
她的猜想并不亚于哥德巴赫
猜想那些数字背后的
一些光亮
多年之后，猜想一张温情的脸
还躺在床边
猜想
柴米油盐里清贫的花朵
也有一面镜子
猜想日子
像炉里火苗一样婀娜
像刚剥好的豆子一样光洁
猜想一列火车，穿越命运的山头
眼里有白云的丰盈

可现在，她像拧紧的陀螺
跑不出时间的围城
她无助地哭泣
那么小
她粗糙的手，猜不透命运的掌纹
她的猜想那么小
敌不过背后的南方
谷物翻滚，被群山包围辽阔无边的
南方
她是大地扬起的一点尘
风喉咙里的一粒沙
身份粗糙
内心充盈

白菊女孩

我曾经乘坐火车一次次往回追
沿途的风景退回去
蓝色的大海在脚下咆哮
你不知道它为什么愤怒
你的城市像一张大网
你像一只被生活困住的蜘蛛
热腾腾的生活迷惑了你
你带着越来越多的尘埃
愧疚和悔恨像重重的甲壳
让你喘不过气
就这样我们突然相遇
在一家饭馆里谈起往昔
对面的电风扇呼啦啦地吹着我们
说不完的，说不下去就把泪水吞下
那时你在城里四处碰壁

被汗水和泪水榨干了身体
你的理想脏了，你的心开始滴血
再退回去吧，火车
我们曾经在城郊那一带租房
喝啤酒猜码，抽着廉价的香烟
那时我们穷困，但我们心中有麦田
那时除了青春，我们一无所有
火车，退回去吧
进城的前一天
我们在照相馆照相留念
说好的，一起长大、变老
再退回去，在一个叫故乡的地方
我们一起出生、玩耍
我们又即将离它而去
那时我们年轻，在草地上约会

照相机里的人洁白、纯朴
像一束白菊
哦，我已经很久没见过白菊
它们曾经开满了我们经往的路上
曾经，我们都喜欢把它们
献给一样纯白的爱人
那时我们不知道未来
不知道有一个叫白菊的女孩
即将被我们遗忘

经过油坊

经过油坊，你会往里张望
榨油机是一群乡间的鸟
那香味如鸟语
带你回小时候的花生地
也抚慰着饥肠辘辘的你
但它越香越是提醒你
童年像摆在架上的小瓶花生油
只供你远远地看着
是啊，你总会无数次经过油坊
在工作后的公交车上
你也会想起种花生的母亲
为了省下买油钱
扛着一袋花生去榨油坊
换回一箱油
把吐出的花生粕拿回来

做饲料，那时你偷食过花生粕
作为苦的奖赏
那苦过的日子
那香味，那么干净地
那么认真地寻找人群中的你

租　客

她是 501 的租客
三十平方米的房子
堆满记忆的杂物，小山一样
幽暗昏黄，像一个洞穴
却是在这里
她和丈夫婚后的第一个小窝
儿子出世的第一个家
楼顶时常滴滴答答地漏雨，楼下发生过火灾
她也没打算逃离这里
十五年了，儿子已经上初中，大女儿读小学
小女儿刚学会说话
从海南到广西，他们像波浪跃迁
生活在首府的老街，她已经习惯这里的日出日落
丈夫是一名搬运工，她在房东的副食店打工
偶尔她在店里和几个租客打打牌

小女儿在旁边逗弄一只小狗
在哗啦啦的摸牌声里这个叫阿娟的女人
说起十八岁送她离开的大海，记忆已经模糊
现在她生活平静
平静得没人发现她笑声里那些细碎的浪花
一个中年女人她内心的涛声
她眼角加深的鱼尾纹

留守在时光子宫里的孩子

他轻得如一阵风，衣衫破烂
流着鼻涕
在风里挥着鞭子
跟着爷爷在地里放牛
他在地里玩，看天上的云
等其中一朵变出妈妈的样子
困了就睡在梦里
把自己想象成一粒稻谷躺在大地上
等自己发芽、长大
等妈妈从广东回来把他收割
他蜷缩在大地里
像蜷缩在妈妈的子宫里
没有出生
他期待一场分娩
就可以见到梦里的妈妈

一个疯子

一个女人，是什么让她变成了一个疯子
最先改变她的是什么，又是什么一点点地
把她推向另一个极地，让她终日在小巷里
不知疲倦地寻找，她在找什么，亲情、爱情
还是金钱、名誉之类。有时她痴痴地对你笑
把你当成她的喜悦和宁静，她失去了悲伤的能力
她的灵魂已经逃离了她，她只是一副躯壳
她的灵魂在人群里，在每一个经过她的人身上
她如同大街上的一面镜子，献出干净的镜面
经过的人可以看见失去灵魂后的那个自己
可以穷困，一无所有，不以物喜，不以己悲
但众人都无视她的存在，甚至蔑视她，以她为羞
众人都不愿看见镜子里那个布满灰尘的自己

一棵在夜里出走的树

一棵树在夜里出走了
带着他的根须和泥土
离开住了十几年的故乡

天亮后
他住过的地方，空了
地上有枝叶，有风吹乱的脚印

他的离开，只是让土松了一下
没有痛苦的抽身和崩溃的现场
他往昔的秘密平静地埋在地里
似乎什么也没有发生过

周围的树默默按住悲伤
没有奔走相告，只是

一只鸟经过时，它的飞翔有些趔趄
它的鸣叫有了一棵树的形状
而天空过于洁白

路遇运牛车

早上，天色有些阴沉
等红绿灯时，运牛车在我旁边
停下，车晃了晃
牛在车上也晃了晃
一只牛看着车外面的我
用人类一样宿命的目光
天空一样无辜的眼神
让我在这个秋天打了第一个寒颤
那目光很久前和我相遇过
是一个挑着蛇皮袋经过的民工
或是一个活成牛一样的父亲
他们都有牛一样的眼睛
牛一样被压弯的身体
牛一样的隐忍和沉默
回忆里的红灯在闪

那么让人悲伤
那辆呼啸而去的运牛车
如同一阵狂风
把我当成一棵草
让我在去菜市场的路上……
倒在路边

我的河

那条河，我喊不出她的名字
但她确是存在的，她离我很远
仿佛又很近，像突然的鸟飞过
在异乡房间她来过，我认真听过
像是谁弹奏的一曲流水
那条河从不和我说话
她像远处的山峦，迷雾般存在

我一出生就和河联系在一起
我来自河，我像她一样喜欢苍茫
喜欢在山岭和原野里奔跑
她用自然的灵气滋养我的诗句
她的淡泊和宁静照亮我的心灵
那水声是最深情的陪伴
在夜深人静时我能听见

在喧嚣的人群里我也能听见

我知道河里有我一生的秘密
有我天生的柔韧和灵魂的气息
一次我病倒了，胡言乱语
母亲把我带到河边
她深深知道我的魂就在河里
她在河边一直喊我的魂
直到她把我的魂唤了回来
我更加确信那条河是我的河

还有一次，我固执地跟随她
抵达了一片隐秘的丛林
那里没有人烟，只有茫茫的原野
像我一样有辽阔的孤独

我在她的镜子里
看到真实的隐于林中的另一个我
我久久地和她相视，相拥而泣

九月的一天
我把一双鞋留在河里
因此河的方向是我奔跑的方向
我一生追随她，我的河
她替我生活在别处
替我在庸常的生活里流水叮咚
替我在困境中抵达无穷的远方
她不出现在我的现实生活里
她在隐秘之境
静静地流着

不知不觉

不知不觉，我就走远了。不知不觉，我就来到了呼伦贝尔草原，和一些人相识又分别。

和鹰告别之后，不知不觉，我就走到了敬亭山。

在敬亭山，我看见了余生：在一个相看两不厌的地方，我曾想在那里度过的一生。

在长江边，我们说到人生长河，不知不觉，就说到落日，说到落日，我就来到了海边。那日风好大，不知不觉，雨就落下来。

我一路往西，在雪山下的小镇，不知不觉，我就爱上了。不知不觉，我就一个人去了西山。

我拾级而上，伏倒在佛脚下，带我到山顶的人，下山时赐我禅道。

不知不觉，我就一个人走在路上，我感到了冷，我摸到了自身的裂缝。不知不觉，天就黑了，我找不到回家的路。

那天黄昏，在思罗河边，我看见两只鸟向相反的方向飞，河水白茫茫地流着，像我的十年时光，白茫茫地流走了。

我不信命，但不知不觉，我就信了月亮，月亮走，我也走，走到风雨桥，不知不觉我就泪流满面。

探访一个城里的亲戚

这是十多平方米的单位宿舍房
隔壁两个小孩在走廊上跑来跑去
用木棍划过她的窗户
她习惯了这刺耳的声音
如同习惯了这里的破败
她是陶瓷厂的下岗工人
下岗后她仍然住在这里
“厨房”在走廊，厕所是公用的
“这里也快要拆了。”
这是她等了三十年的好消息
这似乎是她头上的白发在说
盛饭前她让我把碗洗洗，柜子里有蟑螂
我笑了，走到门口的水龙头
看到眼前都被废墟包围了
剩下这孤零零的旧房，如同孤岛
这孤岛耗尽了她一生的热情

姑　妈

我的姑妈住在升平村
一个要绕过很多弯路才到达的村庄
想起小时候，我和母亲骑自行车
得颠簸一个早上才到姑妈家
工作后，我有十年没去过她家
她家从山上搬到山下
山脚下到处都是那样的房子
房子里总有一个像姑妈那样的女人
姑妈老了，她穿的衣服旧了
她在门口晒太阳，念叨着儿女的事
她的儿女活得像她一样朴素
她依旧养了一条狗和两头猪
像父亲的姑妈，她生活在另一个山村
一个更远的山村，在云山的深处
在升平村，有无数这样的姑妈

在农村，有无数这样的姑妈
有时你会记起，有时你会遗忘
当你途径某个地方，你会指着远处说：
我有个姑妈就住在那里

补鞋的人去了哪里

我有一双鞋，需要她补一补
但我找遍整个镇也找不到她
有人说她老了，不会来了
有人说，需要补鞋的人少了
生意不好，她不出来了
她是小镇最后一个补鞋的
她的摊位在一个小角落里
只容得下两张小凳子
她背后是那条永不停息的河
旁边是卖烟丝的
买烟的也摇摇头，说不知道
上一次补鞋还是两年前
两年了，我记不起她的样子
我等了一天又一天，还是不见她
一天又一天，还是没有她的消息

这个补鞋的女人叫阿萍
我去哪里找到这个补鞋的阿萍
阿萍就生活在我们中间
阿萍是那个低头补鞋的女人
她不来，河还是那样流着
河还是那样带走河岸上的小镇

你是否听见一只蚂蚁的呼喊

他在喊痛，在你的脚下
在玩弄的手掌上，在看不见的角落
他在喊，他在吼
他在哭泣
为他自己，为断掉的一条腿
为刚刚走丢的亲人
为找不到一丁点的食物
为找不到同类的孤独
为困在泥石流，走不出一座迷宫
为在水面的挣扎，找不到任何依靠
可他的身体太小
装不下一个喇叭
他的声音走不出宿命的嘴巴
他喊破了喉咙
空气的波纹没有任何起伏

你是否听见一只蚂蚁的呼喊?
或者他就在你脚下
他用尽最后的力气在喊

电　工

这个来自贵州铜仁的小伙子
被一道电从空中击落时
才三十岁，未婚
家里有一个老父亲
当老父亲风尘仆仆赶到时
儿子的尸体已经被抬走
他跪在现场
认真地捡儿子的工具
像捡儿子零碎的尸体
一样不落
听目击者描述儿子坠落的过程
他捡着捡着，就听到儿子的尖叫声
他抱紧那个工具包
浑身颤抖起来
好像被击中的是他

他把工具包抱了好久
才对工具包说：“幺儿，我带你回去。”
这是他唯一能带走的

像风一样吹吹生活

我们也需要
像风一样吹吹生活!
那些尘封已久的角落
那些激不起微澜的水面
那些渐近坍塌的墙和沉默的青苔
那些正在逝去的事物
让风去吹吹吧!
那些让我们无可奈何的陡峭
以及悬崖边的想象
都在风中吹散吧!
那些落满我们之间的枯枝
和败叶
都随风而去吧!
吹吹内心的石头
那些愧疚而坚硬的石头
它们也会开花

废弃的公交站

在这繁华之地，一个废弃的公交站
格外安静
除了一排排堆放的电车
还剩下他
他抱着行李，像抱着故乡、亲人或者孩子
寻找最后的栖息地
像等待最后的公车
穿过
也像一个被时间的列车遗漏在路边的人

瞎女人

那天早上，瞎女人挑着一担水
穿过路口去浇菜
恰好被我撞上
她居然轻轻绕开了我
她看不见我
她看不见的事物都在看着她
鱼一样在她周围浮游
她是海水，她当然能感知那些游动的事物
她是海水，她当然能从他们身边游过去
她走过了那段狭长的路
一只手探开篱笆的门，绕进了菜地
轻轻颤抖的肩膀把水桶卸下来
一些水花溅到她裤脚上
她弯下腰来，那双手雨水一样顺着菜滑下
她开始拔草

菜地就在公路旁边
多么危险的地方，她也不怕？
等我从集市回来
她已经抱着一棵白菜穿过公路
菜地里有白菜、苦麦菜、芹菜和芥菜
杂草已被清理干净
水珠均匀地附在菜叶上
像晶莹的眼睛，把人世看得清清澈澈

狗儿豆

在隆盛一家农家菜馆，席间的人
都在谈论一盘少见的狗儿豆
我是唯一来自隆盛镇的人
尝过之后它唤醒穷人的味蕾
记忆就这样沿着深处爬上来
小时候，隔壁的四婆喜欢吃它
她家的饭桌上总少不了这道菜
四婆去世后他们不种狗儿豆了
后来我们也见不到这道菜了
我听四婆说过刚摘的狗儿豆有毒
必须用水煮熟，然后用清水浸泡几天
我又想起四婆门前的水桶里
狗儿豆总浮动在清澈的水里，那气味
充满了小院，喂养着童年的饥饿
没菜下饭时四婆会捞一盘出来

送到我家里，没等我们拒绝她就溜走了
那时四婆还健在，行动灵敏，走得快
吃第二遍狗儿豆时我的鼻子就酸了
哦，狗儿豆，它有我忘不了的人

一只蜘蛛在我眼角里爬

看书那会儿，一只小蜘蛛爬过来
在我眼角里悄悄爬着
一个黑色的斑点在那里移动
为了看书，我没有理睬它
它走走停停，时不时停下来看我一眼
是怕被我看见，还是怕打扰我
等我看完这本小说
我抬头，却再也找不到它了
这种失落的感觉似曾相识
我突然想起了母亲
总是在我眼角里走来走去的母亲
我无暇顾及的母亲
有时她削一只苹果给我递过来
或者在不远处弯腰打扫，或擦洗着什么
她安静地在我的余光里走动

像一个轻轻移动的黑点
等我忙完手里的工作，我去找她
但我已找不到她了
世界上所有的母亲都是这样在眼角消失的

她

那天，我们聊起了各自的经历
我注意到她额前的白发
和年龄不相称的白，白得晃眼
仿佛一场追降的雪
仿佛一面镜子，我羞愧地看见了自己
她和我说起生活里的不幸
说起四岁的女儿充满愧疚
她那么轻，仿佛一阵风就能把她吹倒
她又那么倔强，像影子，风吹不动
大风中，她始终站在那里
当生活要我开口，我却保持了沉默
然而她握紧我的手，不停地向我诉说
甚至低低地哭泣
仿佛是另一个我在对面哭诉
另一个女人正替我做着这一切

她替我说出这一切
她替我去受难，替我过那样的生活
而我置身事外，像听一个与己无关的故事
作为一面沉默的镜子，我感到羞愧

一只苹果的成熟

一只苹果在枝头成熟了
红红的苹果像红红的脸颊
像极了我心里的美人
她已经懂得把往事收拢起来
曾经的青涩和苦涩
已经不见了
我也曾经在懵懂的年龄
做过一些傻事
也被蜜蜂的暗刺伤过
一只苹果从不责备我
她所有的成熟和甜都呈现在我眼前
不计前嫌地与我共享

钉　子

父亲用铁锤撬木板上的钉子
有时发出生锈的火星
一颗钉子在木板上的一生
先是进，后是出
中间是挣扎、沉默、等待
“钉子要用好，它一生只能用一次”
这是父亲对我说的
那天，工人在楼顶敲敲打打
父亲的话也在我头上敲打
撬钉子算是轻松的活
但他真的老了
他撬钉子的速度没有那么快了
有时需要停下缓口气
抽两口烟，和工友唠嗑几句
和钉子较劲的过程

我真觉得父亲像固执的钉子
一生被命运捶打
钉子进去时干脆利落
声音响亮，笔直而牢固
多年后被撬出时
它身体变形，锈迹斑斑
尖锐已经被磨平
最后滑落尘土中，它滚烫地
收起这一生

弯　腰

记忆中的母亲总有这个动作
在家里弯腰扫地，在河边弯腰洗衣服
在地里弯腰干活……那些弯腰
像一把锋利的镰刀，收割生活里那些琐碎的事
那么多弯腰，她何曾惧怕过
那些弯腰，不过是风拐了个弯儿

那天我从外地回来，看到母亲
在弯腰掰玉米
看到我就兴奋地直起腰
那瞬间她皱紧了眉头
骨头发出一种被什么掰碎的声音
像她手里的玉米，哗啦啦地撒了一地

“唉，我的腰要断了”

“越来越没用了”
她弓着身子卡在那里
那个神态，那个语调，那头白发
她，真不像我母亲，倒像隔壁的老太婆

当夕阳将暮色一点点地推给她
当岁月一点点地将她推远
她，不就像夜空中
将自己一寸寸收紧的月牙?

雨中菜摊

雨滴滴答答地，解答生活的难题
一棵烂掉的白菜被扔在路边
被人踩了一脚的芹菜
喊了一声痛
喝足雨水的瘪玉米
依然无人问津

一把歪歪扭扭的破伞下面
大甩卖的老婆子
用雨的算盘，算一笔账
又一层层地解开
雨水的口袋
最后，递过一张湿漉漉的零钱

戴着斗笠的女人把脚往里缩了又缩

憋红脸的西红柿
再一次熟透了
卖不出去的黄豆黄得
有点焦急
只有土豆安静地享受
一场雨淋

村头的剃头匠

一棵树就是他的工作室
一把剪刀、剃头刀和梳子
一张凳子、一件布衣和一个夹子
就是他所有的行头
在村头，他是唯一一个
只有一只右手的剃头匠
而那只无形的左手总在空中
配合着右手
完成他的每个动作
他不停地用残缺的部分
为他们轻轻拨开头上的阴影
或者厚厚的积雪
每颗被他修剪过的脑袋
因此长出了清凉的风

小庙门前的石头

小庙门前的石头刚淋了一场雨
石头是清澈的
石头是光滑的
石头曾从乱石中来
但此刻它在小庙前停下来
它经受了犍稚的日夜敲打
它如木鱼般光滑
石头听惯了悲欢，听惯了佛语
石头也有了神性之身
石头也是一尊佛，我不敢在石头上小坐
庙里有菩萨
庙里有我的母亲，她在里面跪拜
我等她从里面出来
等她的过程，我在石头前停下
石头就那样按着我
像按着它下面那丛荒草

大风吹

风很大，半夜叫醒了沉睡的母亲
她的担心是另一阵风，对着窗口翻来覆去

一定有人摇晃着我梦里的什么东西
第二天醒来，玉兰树的花已经掉光
一定是大风追赶着什么，它们集体往一个方向逃亡
一棵树疯狂地张开双手，想抓住另一棵倾倒的树
天空的镜子晃了又晃，大地像一个站不稳的人
母亲担心地里的秧苗，它们刚下地，能否有足够的力气搂紧
　大地

一定是大风迷失了自己，它一次次吹痛了故乡

擦玻璃

擦玻璃是一件人生必做的事，把玻璃擦干净是一件闹中取静的事。

往玻璃哈一口气，我做着母亲曾经做的姿态，我那么认真地擦玻璃。

你看呀，对面的小河流了过来，鸟鸣更清晰，蓝天白云也要来了。

在干净的玻璃里我看见灵魂的火闪过。

每个人都爱洁净，都爱玻璃里的光芒。亲爱的，玻璃擦好了，你会来吗？

玻璃擦好了，我的信件会飞出去吗？

病房里的野蔷薇

再次见到她，是在重症病房里
穿舞蹈鞋跳舞的女孩
她将要失去轻盈的翅膀
她的身体里，时间怀着它的秘密
解开，是一只叫燕子的女孩
那年她年轻，和我一起在乡间小路
手拉手一起奔跑，走过小河
她在耳边哼唱着那首野蔷薇
飘起的发丝，青春的香气袭人
她扭动的腰肢摇晃着每一片经过的原野
渐渐隆起的胸脯像起伏的真理
那样叫人幻想的黑色的内部
有些东西美好得令人心碎
但此刻，她将要失去一些东西
她要剪掉她的长发

连同她骄傲的乳房
这是个多么悲伤的故事
在九月之初，野外的蔷薇花开过了
有一朵开在病房里，渐渐发白
她就要缩小成一粒白色的纽扣

有一次

有一次，我独自驱车
一路往东，到了一个很远的村庄
那几乎是在星辰和大地之间
天空像湛蓝的海水在头上翻滚
野菊在后视镜里静静地开着
命运的风车在山顶缓慢地转着
我对一切似曾相识
那里的人朴素得如同土地长出来的
有植物孤独的属性
他们信奉神灵，敬畏土地的经书
那里的男人女人日复一日地
做着默契而古老的事
我深深知道，那里也有另一个我
同样的父母，同样的爱人

同样的河流回到我心里
同样苦命的玉米长在地里
过着同样不为人知的一生

落　日

落日里有人，有人在落日里缓缓走来
落日里有大海，有大海在落日里摇曳着金色的船只
落日有小草
落日也有村庄
小草是小的，村庄也是
它们都被染成了金色
动人的小媳妇坐在村庄里，也是金色的
落日盛大，像一面镜子，照出苍茫的人间
人间有你
你在落日里走
风吹一下，你动一下
像谁在喊你
阿妈呢，阿妈还在山顶

摘草莓

在草丛中
裹满露水的绯红嘴唇
尖下巴、小绒毛
和来自我火红的心
一个个酸酸甜甜地
各自说着春天的心事
性情火辣
无论怎么变天
也面不改色
我多想
那个在我前面蹦蹦跳跳的
有点调皮的大大的草莓
就是我女儿
她回头，一笑就露出两个小酒窝
累了，她就扯着我的手
嚷着回家

种花记

由于没有时间照顾它们，它们一天天地枯萎，我甚至把它们遗忘在秋天
多么枯燥的秋天，屋檐没有雨水飘过，它们有多难受才枯萎成这样
它们不会说话，不会喊我，如果它们能走，去一户好人家，或到不远处的水池去……如果我记起来，把它们托付给别人，也许它们能活下来
它们在春天给了我一季的花香，却在冬天被我扔在垃圾池
在垃圾池边不停翻着什么的女人，她也想找回那一盘花吗

菜　园

梦中我回到了菜园
看见母亲正弯腰在那里摘菜
一只菜虫懒洋洋地翻动身子
风也弯下身，亲吻每一片绿

天空里，菜园像一条船
小小的母亲，站在小小的菜园里
她不停地摘啊摘，她的手像船桨，摇啊摇

母亲把一篮子的菜摘好了
还有另一个篮子等着她
谁理解她摘菜的心思

我在梦里看不见她的脸

只看到她不停地弯腰，不停地采摘
这生活的苦像菜，又不停地长出来
她总也摘不完

第四辑

在大地低处飞

在大地低处飞

我喜欢把翅膀低垂，沿着人间最优美的弧线
从高山到树林、花朵、浅草、蚂蚁
我渴望和它们一一亲近
大地那么忙碌，稻田和河流那么幸福

每一次低飞，都能让我听见万物的浅吟低唱
让我看见所有穷乡僻壤
让我小小的心开始爱，从一片飞到另一片
每一处都像那生我养我的村庄

我没有言辞对大地表示热爱
我以一只飞蛾深入每一户人家。大地的灯盏如同
母亲一句不变的叮咛
让我紧紧地投入她广阔的体温和怀抱

如今多少同类已经远飞，而唯留我的瘦小与坚韧
我深深的爱
让我终日在低处留恋

《南方文学》2017 年第 6 期

纸上人生

有几个人我一写再写
但命数已尽，他们在纸上的坟墓里安息
我还要爱很多人，但还没落在我的纸上
我期待他们雪一样落在纸上
有几种人生，已经被我写尽，没写出来的在左手边
路上的风景已到深秋，落叶铺满雌性的土地
总有一天我会死在纸上
那些恨我的，把我交付泛黄的季节
那些爱我的，把我抚摸之后，让我再活一次

父亲装进井里的日子

父亲一直和井打交道
对于井的深度，父亲早已摸清
它可以装多少日子
他还有多少日子可以装进去

一根光滑的井绳，生锈的水桶
如同父亲的手
每天，他把自己空空的水桶放进去
日子便满满地爬上来
通过长长的井绳，湿漉漉的日子
密密麻麻地结成了手上的茧

那些青苔，从深处一直爬到了井口
如同父亲的牙齿周围
锈满的齿黄

那被伐出来的水，汹涌地冲到他的胸前
而他只是一块岸，沉默地忍受

父亲只是个农民，很多东西都不明白
当身边的人一个个离开了他
他沉默如一口井
父亲只知道井里的水终究是要出来的

昨夜，父亲梦见儿子带着孙子回来了
儿子用土覆盖了井
孙子在上面种了庄稼
他看到这几十年来装进井里的日子
相继爬上来，绿了、红了

《星星》2009年第09期

暴　雨

傍晚，我们出去散步，不知不觉已走到路的尽头
我们气脉已乱，血液流向不明
曾经隐藏在花朵里的言语，开始凋谢
树叶一叶一叶地落下，否定枝头
我们坐在石头上，无聊地用手扯掉我们之间的那些野草
曾经击败我们的闪电又不时出现
最后暴雨已至，我们内心都有不可抹掉的乌云
我们真的用尽力气
也无法祛除

《广西文学》2018 年第 10 期

正　面

每天清晨，都能听见一个老妇
在楼道清理垃圾
我在房内，见不到人
只有扫把撮垃圾斗的声音
她很安静，连一声气喘也没有
我就在这个时候醒来
等我开门，她已经转身远去
只留给我一个背面
那是一个乡下人熟悉的背影
有一天早晨，被我丢弃的一本书
又被她捡起
好好地放在阳台上，毫发未损
像她的正面。我对书说了声：
“你好，你真早啊！”

在旧市场

一切都在我的预料中，吆喝声在奔跑
果菜在摊边等待出发
乡村音乐和方言在合奏
他们相互赞美：这是最新鲜的农园
一切都在我的预料中，菜民沿着黄昏的光
唱起了归家的歌谣

每天去一次旧市场，看看熟悉的乡下人
像去看看乡下的父亲和母亲
他们挑来荔枝、香蕉、番石榴、黄皮等
还有新鲜的蔬菜谷物之类
仿佛把我的家乡也挑来了

一切都在我的预料中：声音、容貌、气味……
当我叫出一棵菜、一朵花、一种水果的名字

身体里就有个叫乡愁的声音
低低地诉说我这些年的漂泊和孤独

《飞天》2010 年第 11 期

父亲的强迫症

父亲在看新闻
有一则煤气泄漏引发老人中毒身亡的要闻
他马上打电话给乡下的八十多岁的母亲
问她煤气关了没有

在城里打工的父亲
已经患上了强迫症
每次看到这样的新闻他都惴惴不安
他更担心母亲的健忘症
像担心一个定时炸弹
引发他一次次问同样的问题

车窗里的我

风从车窗上吹过，吹散了我，吹走了风景
窗玻璃里那个模糊的人
是另一个我

总有两个我，沿着火车的方向分离，只隔着一层玻璃
一个在车里
另一个在车外

她一次次逃离我的身体，走近群山、沧海、幽林
她又无数次后退，退回云朵里的故乡
或者躲到一座寺庙里

我在车里
告别了她

下一站，我要将肉体抽出来，从火车站口蜕出
而另一个
做了山林里的隐者

蚯　蚓

他们躲在大地潮湿、低矮之处
常年不见天日
终日拖着岌岌可危的尾巴
掘土，用没有骨头的身体
他们没有手和脚
一寸寸，吃力地躬耕
曾被多少人暗算过，多少犁和铲
插入他们的身体
一不小心，一分为二
每次都是一边流血，一边愈合

《诗歌月刊》2014 年第 06 期

沙堆里的爸爸

他那么小，在妈妈怀里
细细的骨头
啃着她心里柔软的草

小小的手在堆沙子
打捞一个秘密
很快，他垒起一个沙坟
“爸爸就在沙堆里。”
像一个小爸爸和他玩捉迷藏的游戏

可是沙堆里没有爸爸
也许沙堆不够大，不够爸爸容身
他推平，又重新堆
一个更大的

《广西文学》2017 年第 12 期

深夜的火车

他们睡了
睡在他们各自小小的故乡里
他们实在太累了
他们呢喃，打呼噜，甚至低低地哭泣
忘记了深夜，一列火车南下
忘记了界限，以及陌生的方言、气味
他们只想在故乡的梦里抓住父亲、母亲、妻子、丈夫
或者拥抱孩子
一个贵州老头的脚，搭在一个云南小伙子的腿上
他们像是一对父子
一个广西女人把头靠在一个四川男人的肩上
他们也像一对夫妻或情侣
谁也不忍心把谁推醒
谁也不想打破
这自然、温暖、相互平衡的旅程

《广西文学》2017 年第 12 期

回　忆

七月里的烟雨浮现在空中
多年前的风景
出现在窗外，灰蒙蒙的城市里有一件我熟悉的衣服
穿在少年身上，在雨中出现，又在雨中消失
我在回忆中掏出一种颜色
你钟爱的红，被我珍爱着
这红色的衣服
像那旷远的天空里……飘扬的
一种天气
是爽爽的风提醒了我
它和现在我穿的这件衣服不谋而合

必　将

哪一天我走不动了，我必将落在纸上
被谁捧在手上，翻阅
像年轻的时候轻捋发际，若有所思
也许我会在某个角落，布满灰尘
我的名字被荒草覆盖
被谁轻轻叫出来
哪一天我爱不动了，我必将落在纸上
我的爱变成一行行字
凝固在时间里，清静而流着泪水
爱我的黑夜会种出一些星星
爱我的月光必将开出一些慈祥的小白花
她们替我建造一间小屋
并替我去爱所有的人

《青年作家》2019 年第 10 期

碎　片

生活一次次将我们砸碎后
又将我们黏合
我们依然无法抗拒这些碎片
它们仍然有迷人的光
闪烁着陈旧而幽深的时光之谜
让我们一次次返回去
空气里细碎的刀口
被我们吸进了身体
它们时不时刺扎我们柔软的部分
让我们感到痛
我们失去最初那份安静
我们习惯了在夜里拥抱闪电

《诗歌风赏》2020 年第 1 期

有人在我夜里鸣叫一声

他的嗓音是熟悉的
我无法确认他是在一棵树上
还是另一个人在我身体里尖叫
不，是在我的梦里
他突然出现，鸣叫一声
突然又隐去

《诗选刊》2009 年第 07 期

在镜中

相遇
相看两不厌
我们是上辈子约好
在镜中拥抱、亲吻、做爱
像坠落在一条河里

唤你小名，为我梳妆打扮
为我更衣
在镜中
安抚我们的身体

必要时我就把你藏镜中
盖在台面上
把你收好

有时，爱得死去活来
不如留你在镜中

《诗歌风赏》2020 年第 1 期

分裂症

我确信有两个我，在小小的身体里
两朵花，一朵红，一朵白
红的红得刺眼
白的隐藏在刀锋的光里

它们是两个我
一个往左，一个往右
各执一词

我时常找它们谈话
劝它们和好
共处一室
但我不会让它们相爱

《诗歌风赏》2020 年第 1 期

和我跳舞吧

我想和你跳舞
因为我长出了羽毛
我身体太轻盈
太单薄而装不下那些沉重
我需要一场舞会
和一个假面具
盖住我脸上的荒芜
盖住我悲伤的深蓝色
和我跳舞吧
和一个更洁白的我
让所有的夜晚像你一样
光亮地照耀我
我还要他们看到我，重视我
被我神秘地牵引

我还要漠视他们的眼神
像你那样目中无人

《诗歌风赏》2020 年第 1 期

夜晚的书写

我把风和雨摁到纸上
是否就能回到那年春天
回到我长发及腰的样子
我把凉爽的夜摁到纸上
是否有另一种炙热——
“我爱你的呼吸，你眉宇间的旷野”
我把自己摁到纸上
如果你看到了
你是否认出我——
那个被词语重构的我
那个越来越干净、安静的我

山顶的月亮

小时候我跟爷爷到山顶
他在木薯地里干活
总是等到月亮升起来
他才知道天色已晚
木薯叶在风中摆动
像张开小手抚摸月亮的脸
很大很白的月亮
像是木薯地长出来的
月光结满了故事
爷爷一边走一边讲
拉着我从山上下来
后来那样的月光
我再也不能拥有了
我曾一次次回到山顶

那里依然种着成片的木薯
爷爷躺在山顶
他已经很多年没有下山了

岔山村

在岔山村，岁月是野生的
树在自己长
孩子在自己长
油茶的香在小巷子自己飘
一路小跑
在古庙门口
两个老人在桌子旁下棋
他们不理会背后的庙宇
一条狗在旁边睡着了
也不理会陌生的游人
潇贺古道长满岁月的胡须
隐居在深山
有人世代居于此
仍旧用脚丈量命运和星际
经往的脚步回味着当年的繁华

说不尽的沧桑在潇贺古道边界上
在一块偏右的石碑上
被时光的飞鸟一下下地啄着

《广西文学》2019年第10期

百里画廊

山跟我们走了很久，但我们见到
山是不一样的山
水中的残荷
如一叶小舟
载着小小的画家
鸟在攀登它的大雁塔
我们在低处
在人群里
我们一生都在走向彼此
像石头和石头
有相隔百里的命运

《广西文学》2019年第10期

南山茶海

学姑娘采茶南山上
让茶海成为我的裙摆
一层一层地回到山脚
南山有南山的安静
茶海有茶海的浮动
“南山”这两个字
拆开就是一条汹涌的河
现在茶海被南山
凝聚成一层层
从此大海回到山上
规规矩矩
山脚下，茶叶已经晒干
卖茶的店主正在为远方的客人泡茶
一壶茶里有辽阔的天

《广西文学》2019 年第 10 期

大里特大桥

他和一座山并列
大容山和他两两相望
他在一条河之上
清湾江与他构成新的坐标
一座桥架起远方的梦
将远方变成我们眼里的风景
一座桥不是高处不胜寒
是高瞻远瞩，胸怀天下
一座桥有了仰视他的疆域
一座桥抬起了一个镇的高度
一座桥扩大了他的视野：
一座桥之下是苍茫的故乡
一座桥之上是辽阔的祖国

《广西文学》2019 年第 10 期

母亲的腰痛

母亲从田间回来，脚跨过门槛时趄了一下
那把镰刀差点伤了她
母亲扶起身子笑了，没什么
只是被绊了一下

晚上她拿起那桶水到月亮的浴池
把她的腰闪着了
她弓着的身体像那弯月牙
母亲却只说：
天黑，看不着路

多年来，母亲总是这样
对于她的腰痛
总是避而不谈
仿佛她的痛不值得一提

我生病了

眼巴巴地望着天空，我生病了
眼巴巴地看着河水，我生病了
因为这三十年来
我吞咽了太多的黑暗
我吞咽了太多的雨水
我体内住着一团乌云，偶尔发作
时而雷鸣电闪，时而狂风暴雨
我活得惴惴不安
像私自下凡的妖怪
害怕突然有一天被收回去
我知道这三十年来，我愧对了天空
愧对了一条河
我生病了，却不能告诉别人
我只能告诉枝头的丁香、茉莉
百合、紫薇和桂花

这些事物都过于美好
只是我病得不轻，我病得像
躲在它们后面颤抖的叶

途经鬼门关

过鬼门关时朋友的车爆胎了
他只好逗留在此
我从车里出来
如临生死交界之处
头顶一阵发冷，一团白雾袭来
那白雾如同困境
公路像一条被掐住的脖子
我沿着公路走，闷热而窒息
经过的车辆溜得鬼快
一种悲凉的假想
让我在公路上越走越远
恍惚到了天涯
山川万物静寂的时刻
遇见一农人牵着一头黑牛
他和我一样疲惫

仿佛我们都扛着自己的壳
一步步从鬼门关回来
我庆幸自己又回到了人群

劈木头

他是农民之子，小名叫木头
在八十多岁的分水岭
他的头顶，野草丛生，白雪茫茫
他的体内病魔出没，无力回天
剩下的光阴
他和木头的命运是一样的
无非是枯老、死去
无非是葬身火海
他开始劈木头
劈开体内的肿瘤
劈开被隐藏的腐朽
把一生的荒凉劈得七零八落
只是它再没有血肉渗出之痛
这个过程，他付之巨大的耐心
仿佛劈开的是自己

把自己一片片劈开
又一片片垒起来
等待那一天
一片片地把自己送去火葬场

《广西文学》2017 年第 12 期

秋　风

每到秋天，他会挥起慈悲的剪刀
给万物剃度
剃掉它们枯黄的时光
剪断人间的烦恼
给它们一个萧瑟的称号
替代曾经的繁华
风声里的梵语
让一棵树清空了欲念
它光秃秃地坐着
接受天地再次造化
而那些落叶被送到大地的寺院
抵达之前，它们合上双手
祈求神的宽恕
让自己的一生轻轻落下

金　秋

秋天从无到有，又从有到无
将爱情催熟，大地剥出坚硬的果实
只剩下叶子，在秋风中成为孤独的舞者

瞧，梦里的人儿
还在果实里睡着
聆听花冠的笑音

我们的心在暗夜奔向彼此
我们的相爱像这炽热的金秋
我们的相爱像两杯热烈的酒
等着交杯

《山东文学》2013 年第 07 期

我再次来到了你的城市

五年之后
我再次来到了你的城市
在微风细雨中
坐 121 路公车抵达你的小区
在人民路地下书店
喝一杯无糖咖啡
这样挺好
出来，天空还飘着小雨
有时我感到冷
披一件白色的棉麻外套
仿佛是你
有你缠绕的余温
有时我伫立在江边
静静地，吹着江风
等沿江面飞回的一只鸟

等暮色一点点
填满这个城市
等夜一点点把我含在他嘴里
像我含过的那颗糖

冬天的舞者

冬天的舞者献出冬天的骨头
舞者如风，吹着大街上的
红红的眼睛

故事随之开始
我在你后面，像你的影子

那调皮的、轻的
疯了的
全都在此刻，欢聚或者无所畏惧

那附着冰冷的想象
浮出春天的水面

深夜，一只蜘蛛在窗口结网

被病痛缠身时
一只蜘蛛在我眼底小心翼翼地织网
看见我起身，就偷偷躲起来
我躺下，它又继续扯丝、编织、布局、固定
时而就地转圈，时而往回跑
有时，它看看我，生怕打扰我

哎，它多像我隔壁房的母亲
在这个房间，只有它陪着我，为我起舞
它让我感到被病痛缠绕时
沉重肉身的另一种轻盈
让我翩然入梦

不知过了多久，我被痛醒，隔壁有光照过来
它还在忙碌，一张网就要完成

但窗口有风吹进来
它的网一边结，一边又被风撕破
它却不肯停下

《广西文学》2015 年第 08 期

手术之后

做完子宫摘除手术
她被人从手术室推出来，还在昏迷中
空了的身体
一场虚无正变成命运
她安静地睡在我旁边
我的影子投在她身上
被她挟持着
无法抽身出来

醒来之后
她知道身体已经退了房
她再也用不着为它
交房租、水电费、物业费
也不用操心房子里一天天的争吵、病痛
只是她一遍遍地摸了又摸
仿佛一切还在

女人和门

几个女人在门后低声耳语
没有红润起色的脸
内心温顺得像一只猫
一开始是一些琐碎的家事
言语温柔如十几岁少女的喉咙
心房是充满阳光的星期天
她们谈论爱情，谈论玫瑰味
热情的眼睛在酒杯的泡沫中闪光
她们记得原野、港湾，还有相爱之日

门在偷听，时而嗤笑
她们的忧伤掩盖门尴尬的局面
门无处逃遁，它被悬挂着耳朵
一次次深入她们的眼神
年轻的旋律变成疯狂的曲

步子已经臃肿，肌肤松弛
身子上的疤痕不时显露出来
门又笑，戴着欲望的面具

她们的言辞开始激动，毫不顾忌地
嘴唇露出忿忿不平的怨恨
眼眸的光发出沙哑声音
如同深秋叶子耗尽了色泽
她们开始触及谎言、疾病，还有死亡
泛黄的年龄与毫无起色的日子
她们谈论消沉不醒的原因
无意间袒露出孩子的纯真和无奈
再不羁的叫喊已抵不过一扇门

她们的怨恨如同对着门

门听腻了，开始厌恶她们的话和声音
她们厌恶门如同自己的形态——
失眠的眼睛，凹陷的面目，粗糙的手
门内的一群女人，已经由年轻变荒芜
带着伤痛的乳房，天真地谈论爱与恨
过往烟消云散，只剩下门后面的围城和笼

门怀疑她们发现了自己可耻的面容
它成了她们讨论的对象
它成了她们唾弃的对象
当她们把拳头和脚狠狠地砸向门
门露出颓败的一面，灰尘纷纷落地
门不再保持原本的优雅和从容
门先她们一步精神失常
它只大叫一声，轰然倒地

《诗选刊》2009 年 07 期

一个母亲的二十年

一个六十岁的老母亲
二十年如一日
守着植物人儿子
儿子二十年如一日
倒退、痴呆，不问恩情
仿佛灵魂去了远方
她也二十年如一日
等他归来
时间欺骗，她不敢绝望
过度操劳，她不敢休息
身体有病，她不敢医治
儿子没醒来
她不敢老去
仿佛她还是那个年轻的母亲
给他按摩、翻身、擦身

和他说说话
说他小时候的故事
放牛、爬树、打鸟、玩泥巴……
仿佛时光倒退了
他还是个孩子
仿佛她把他塞回了子宫
重新把他生出来
仿佛这二十年
她又重新把他抚养长大
就盼有一天
他开口叫她一声妈……

缝　隙

在一个喧嚣的市场旁边
她和丈夫、女儿、儿子一起挤在十二平方米的出租屋里
一房一厨一卫像杂货店
房间除了一张床，其余就是杂物
小山一样堆起来
她住四楼，门口走廊的栏杆和地板之间有一个
能容得下一个一岁孩子的缝隙
儿子自从会爬后就喜欢去那里
一次儿子笑嘻嘻地把头伸出去，回头喊妈
她急刹车一样抓住他，弄得他嗷嗷大哭
那之后
就是一只瓶子从那里掉下去
她也会惊出一身冷汗

怀念一棵树

多年前，一棵大树在村里遭到屠杀
卖树的人挥起大刀，买树的人拍腿叫好
围观的村民欢呼，眼睁睁地看着
树的头颅被血淋淋地砍断
树倒下时只呼呼大叫一声（一辈子就这么一声狂妄）
就倒在它最爱的地方
被它庇护的小草低下头来
猫头鹰大叫了几声
鸟儿来为它哀悼
大地为它保留了最后一节树桩
那是给它立的墓碑

最后一只鸟

那年有人开始在荔枝山疯狂地砍树
父亲每天都能挑回一筐筐树枝
最后，他带回了一只鸟
这是一只受伤的鸟
它悲伤、绝望，带着惊恐的眼神
带血的嘴偶尔嗷叫几声
如同找不到归途的儿子
父亲说留下这只鸟吧，它已经无家可归了
那年家乡的人把整片山林都砍杀了
那年荔枝山落叶缤纷
有人远走他乡
有人客死异处

致阿杜

在一个朋友的婚礼上
阿杜坐我左边，三十岁，彬彬有礼
为我斟茶倒水
温文尔雅地吃饭、聊天
聊这些年他在首尔、巴黎和纽约之间的飞翔
聊他第一次逃到纽约的情景
在街边弹吉他，在餐厅做服务员
遇到蓝眼睛未婚妻
他不介意我庸俗的右边
一直以来我的右边规矩，安分，小心翼翼
丈夫，儿子，工作，房子
我活在他们中间
我从未想过有另一个我的存在
从开始到结束
他说着一种森林候鸟般的生活

他轻轻抚摸过我的心
他不知道我的左边也有一片悬崖
他放飞了我心里的一只鸟

剖腹产疤痕

离婚之后
她和我谈起这条剖腹产疤痕
三寸多长，竖在小腹上
凸起、暗沉、坚硬、丑陋
像小时候最怕的毛毛虫
雨天它就复活，撕咬她，疼痛发痒
露脐的衣服是不能穿了
她需要把它关起来
然而她知道它是一个摆不脱的符号
像一个枪口对准试图靠近她的人
她说第二个男人看到这个时
他会不会止步、投降
败下阵来
她试过在疤痕上文身

文过花朵、蝴蝶以及鸟、猫
好看、迷人
只是凸起的地方仍然如枪口

洗　澡

奶奶每周洗一次澡
耷拉的皮肤
严重下垂的乳房
身体像埋着骨头的坟茔
她早已认不出自己
却能叫出心里那个囚徒
被她关了一辈子的人
我像给一个婴儿洗澡
洗她的每个角落
山穷水尽处像一个松弛的黑洞
黑洞已经没有月光
我以为她什么都不怕了
当我洗她下面时
她下意识地收缩了一下
害怕被我窥见
被她藏了大半生的羞愧和苦痛

乳　房

病房里，她们穿着蓝色的条纹服
阳光抚摸着她们的身体
她们安静地谈论乳房的肿块、病痛、死亡
袒露她们的忧伤：为何不好好对待乳房
为何要发怒、抑郁，不按时检查、吃药
医生用冰冷的仪器为她们检查乳房
一次次把乳房裸露给陌生人
乳房像冰凉、坚硬的石头
她们不感到痛，也不再有少女的羞涩
只有乳房羞愧，低着头
回忆它丰满的一生，曾造过一座玫瑰花园
也孕育过山川河流
也曾是男人手里的高峰
如今它掏空自己，决定不再为谁心碎
最终和这个女人相依为命

不，也许它将要从她们身上连根拔起
现在它干瘪、下垂
像完成了某种任务之后的
松弛

病　床

被很多身体睡过的床
现在是我
在这里做短暂的喘息
挣扎
然后离开
我听到她们留下的尖叫声
甚至以同样的方式
侵入我的身体
有无数身体的对话
被清洁工一再清除
那张铺着刀和火的床
却不说话
一动不动
好像它是客栈

不问刀光剑影

只静静地等着下一个

不速之客

思罗河

五年后，在静静的石表山
我遇到了这条思罗河
它出现的那瞬间
那起伏的岸，蜿蜒的水
我突然叫出了“阿罗”这个名字

五年前，一个叫阿罗的人
把我从南方带到北方
一场风雪过后
阿罗失踪
我伤痕累累

那些年，我又回到了南方
寻找失踪的阿罗
却在这伤心绝望的时刻

遇见这条思罗河
已是万籁寂静，空无人烟
只有一只水鸟咕咕地对着我叫
仿佛在告知我
“阿罗已走，阿罗已走”

我越过这不见尽头的长河
呜咽着一路往北的疾风
突然就倒在这河里
我悲伤，我只拥有这逝去的河
只拥有这苍茫的
宿命

致爱罗

爱罗，当秋日的晨钟将你叫醒
取走时间，取走往事吧
爱罗，爱罗，爱罗……

在秋日在云朵上，我们睡着了
时间以酒的方式酝酿着爱情的灵魂
瞧，我们的金秋挂在枝头
已经成熟，我的爱罗

挑着箩筐去摘吧，将花冠高高戴在头上
我们怀着金秋的巨大耐心与执着
去摘这唯一的果实

秋日，我们的果园整理妥当了
等待安置我们的果实

还认得路吗，我的爱罗
心是唯一通向灵魂的窄门

爱罗，爱罗，爱罗……
取走我们的急躁，取走我们的冷漠
取走我们的动荡不安
我们需要的是缓慢酝酿的一坛酒

爱罗，爱罗，爱罗……
大地上我清澈的呼唤
从一而终

时间的钟声分享禅语
归鸟在幸福的沉睡中
而我们呢？是时候把门关上
说说我们孤独的心
是时候，是金秋了

下午的事

一整个下午，我都在看天空
那些扑棱棱飞过的鸟
它们享受天空和自由的时光
而我享受鸟的时光
我欣赏它们不谙世事又多情的鸣叫
有的鸟从我头上掠过
几粒清凉的鸟鸣落在我脸上
像谁轻轻地到来，和着一阵微风
舔舐我的脸，如同舔舐热泪
有的鸟飞过后再也看不见了
而天空始终那么蓝，没有留下痕迹

当天黑下来了

当天黑下来了
天空变成又潮湿又温柔的嘴唇
嘴角还留着一缕温热
我用尽力气，忍住自己的痛

当天黑下来了
大地变得空荡荡，一无所有
我用尽力气，让光线的退去更缓慢些
让伤疤忍住暗夜的刺激

当天黑下来了，漫天的星星里你是哪一颗
你是哪一颗，我就跟哪一颗回家
回家后，就像一盏油灯那样
忍住后半夜的漫长

一会儿

我要在椅子上
安坐一会儿
看一会儿时光
看一会儿天空和大地
阳光那么好
天空那么干净
风那么暖和
只要一会儿
我就可以从疼痛中走出来

骨　骼

我有一副小骨骼，在日渐坚硬
纤细，也光洁
骨骼是蓝，是幽静的居处
在柔软的皮肤下，这是一副健康的骨骼
它新鲜、完整，不曾蒙上灰尘
不曾弯曲过
它不喜欢显露，也不需要太多的赞美

它稳当地支撑着我的血肉
教我倔强，独立行走
教我怎样更像一个“人”字
我的骨骼也偶尔疼痛，偶尔
在夜半失眠
在日渐突出的骨骼里
我越来越像我那清瘦、倔强的母亲

如今小小的自己
有一副会唱歌的骨骼
一根根弹唱，不知疲倦
有一副轻巧的蝴蝶骨骼，教我低飞
迷恋一草一木
有一副善良的骨骼，它的润滑教我安居
与每一处灵肉为善

《诗选刊》2009 年第 07 期

临　水

在南国，亲临一片秀水，这是多年的流水
水面上吹过了多年的风
水上有人在画疏影，划起诗句
临水的心情低浅、安静，以及清净
都是我在水上的表达方式
可以磨平棱角和尖锐的痛
可以从万物流到心里，可以形成清绿的湖
如果可以，我想把水写进诗句中
总会有一群善良的水
为我洗去那些我还没来得及写下的悲伤
然后诗句就干净了。我还更多地保留
对大地深深的流痕
一个临水写诗的孩子，我对万物心怀敬畏和热爱
在广阔绵长的河流上

以我低浅的水手，为石头、水草洗去污垢和悲伤
为哭泣的鱼洗去一片泪水

《诗选刊》2009年第07期

左手与右手

为什么这一只是右手？
左手，仿佛是无形的存在
这是我的右手，做什么总要争先的手
它什么也不说，也不表态
总是毫不客气地先出手，抢先一步
把我的左手晾在一边
那只右手总是大声说话，喧嚣和尖叫
从来不顾及左手的安静
右手为什么就那么蛮横
左手为什么就那么温顺
我的左手有时麻木，有时迟钝
但左手不责怪右手，右手不鄙视左手
右手也从来不打左手，一打它就痛、发抖

《诗歌月刊》2014年第06期

以一只破折号……

在一只破折号之前
我必须沉静、等待，我必须保持平平凡凡
只为一场相遇的另一头
连接幸福

我在这一头，你在那一头
中间只是一条直线
可以忽略地位、身份、距离和时间
以一只破折号将痛苦转移
以一只破折号深入内心，与爱情直白

我沉入其中，以一只破折号抵达你
可以省去犹豫、怀疑、心与心的隔阂
我可以不保留地走向你
以一只破折号来跳跃，突然出现在转角

突然在那一头看见了你

我可以突然说出你，不需要任何遮掩
不需要正常的路线
不需要任何理由
你一出现，就轻易走入了我内心

《诗选刊》2009 年第 07 期

倒　立

我们在空中完成了高难度的动作
学习脚在天上行走，我们以此伸向无穷远
触摸月亮和星星。我们却以倒立的心房
倒立的手护着我们深爱的地方
我们以为那是我们的襁褓

如同空中坠落的宝石，眼泪流回眼睛
头发往下生长，开出金黄的向日葵
大地是肥沃的花瓶，太阳在脚尖上画画
我们双手如同向日葵的花蕊
用最柔软的部分顶住

但我们看到的世界在疯狂攀升
如同股票，如同房价
脚步纷纷跌倒，他们在低处奔赴廉价的入口

唯有我们把脚高高举起，用手攀爬
在马路上高歌自己：
“这是个用手行走的时代”

《诗歌月刊》2014 年第 06 期

你的到来如此寂静

你将一片月色搬到我的旷野
漫天的星星，一定是你在静静看我
你一定是在我不远处，流入唇角的温热
这白茫茫的林荫，从一场小雨开始
你沿着红豆树、梧桐、木棉、铁树流下
汇成的河流，曲折而委婉，向我轻声问候
像那些雪花，忽然从夜里赶来
轻轻将我包围，这唇语的融化
是你秘密已久的语言，是你准备的夜夜笙歌
甚至你满山的乔木，你蔓生的烂漫
让甜蜜的、沉醉的、孤独的、忧伤的纷纷匍匐
那些暧昧的情话
在夜里暗无声息地追逐
所有隐藏的花朵

《天津文学》2010年第04期、《诗选刊》之《2009·中国诗歌年代大展特别专号》

两棵草

我挽着你的臂弯，像挽着一朵晚霞
轻轻地喊醒了夜晚
两棵摇曳的芦苇，在风中完成了婚礼
月色见证他们的甜蜜
这个黄昏，多么美好，多么安静
你挽着我的臂弯，像绿叶挽着花朵
一朵温柔的云朵
在天边向草木撒娇
我要在天地间公布我们的隐私和暧昧
向飞鸟和虫蚁透露我们的渺小
在林荫小道倾诉我们的近况
我们现在是高山上
爱着的，痛着的
两棵衰败的草

《天津文学》2010 年第 04 期

棉　花

棉铃那么瘦，那么小
也坚持扯出一份爱，如同在洁净的天空扯出一朵云
把你写进棉花中，扯出软绵绵的故事
一个个，丝丝相连

某个时刻就沿着棉花的心房
再一次把你带回到花期
把大地的棉花统统打开，扯出棉花的花色
一瓣瓣，慢慢变红

最好从它身上扯出冬天的温度，如同扯出的
一件件棉袄，融合你和我之间的冷
把那些简单的爱，统统扯出来
一团团，化为一种暖

《语文报》2009 年中国大学生诗歌年展

爱人树

如果多年后我还在，万物会替我告诉你
我一定变成了一棵爱人树
在你离开的地方，守候你的来生
如果我还能叫，一定让你听到我
如果我还能走，一定更挨近你
如果我还能写，一定在叶片上写下你的名字

如果多年后我还在，我一定变成了一棵爱人树
我一定是以一颗植物之心爱你
我的心还是干净、青翠的
我们原来的房子更葱郁地住着另一对恋人
像我们当初那样相爱
还有一群幸福的儿女
此时他们一定是在延续我们的爱

一年四季，我是你的枝桠，你的绿叶
是你一树树的白花
如果有花草，一定是你恋着我的绿荫
如果有蝴蝶和飞鸟，一定是你在我耳畔呢喃
如果有风雨，一定是你在对我亲昵
无论你离开多久，一定有一棵爱人树
在你离开的地方，与你相拥一片土，根脉相连

《诗选刊》之《2009·中国诗歌年代大展特别专号》

七夕之夜

夜来了，远方的灯火亮了
这绚烂的人间
你所在的地方，没有一处是黑的

在陌生的地方，不需要任何方向
不需要
指出你所在的位置

我们不必面对面叹息
你所在的远方，也是一片灯火
这是我们共同的温暖

所有的灯火都有一样的语言
在给你的书信中
都有这些内容

《诗选刊》之《2009·中国诗歌年代大展特别专号》

黄　昏

黄昏。你说，到江心去，那些芦苇懂得爱人
多么柔软，在风中摇曳
此刻它们多么像你，像你温柔的起伏
啊，黄昏。你是芦苇，是遍地涌动的月色。

黄昏。你说，到江心去，那里的流水会心疼人
听它们的暗语，那一地的水草
它们是如此心心相惜
啊，黄昏。你是江水，是南边夜夜的放歌。

这个黄昏是多么静寂，是多么令人怜惜
我们一抬头，就是无穷无尽的月色
我们一抬头，就是一片白茫茫的水
此刻，天上与人间

谁也不说谁的悲伤
谁也不打扰谁的安静。

《星星》2010 年第 09 期

信

我们在两头塞进思念
在信纸撒满紫荆、丁香和含笑花
然后用石楠草将封口扎起来
让春天的阳光寄出去
从河东街到河西街，再转到北大街 2 号
一路上雨悄悄诉说我的情况
风把信封剪成你的侧面
多么熟悉，仍那么动人
一路收藏了那么多光芒
我们相约在信的两头拆开春天的暖

《东方女性》2010 年第 9 期

梦·葡萄园

请将他带入我的葡萄园，带他回早春的花期
带他回那一地的草长莺飞
那一树树的莺歌燕语
请带他回昨晚的花前月下，那一地的暗香
请带他回早晨的呢喃，沐浴在鸟语花香的光阴里

我的梦，我黑色的葡萄园
爬满了他
瞧，那黑溜溜的眼睛

《山东文学》2013 年第 07 期

秋天的书写

凉风起了，我准备一一整理我的秋色
此时荔枝林已不需要花红柳绿
我跟它们说我还你蝴蝶，还你泉水
还你如燕的嘴唇

还你一本荔枝林的诗集
还你一月的寂静，三月的繁花，六月的笑声
从一月到十二月，这遍地的欢愉
我都一一采给你

这苍茫的荔枝林，我一个人独享太奢侈了
我把它们还给圭江不变的日月夜
还给那双宿双飞的归鸟
还给那些欢歌笑语，那些和风细雨
那月色，那流水，那夜色里的归人……

《广西文学》2014 年第 11、12 期合刊

我不说

我不说我的身世和住址，不说我的忧伤和寂寞
不说我的情爱，不说我的乡愁
对花朵和草木的投影，我不说我的顾影自怜
对即将的残败，我不说我的绿肥红瘦

现在是秋天。大地的故事已经被收割完
我不说果实，爱不说，悲不说
遍地的落花不说，逝水不说，落日不说
我不说天空只剩孤独的大雁

我不说爱情之花不败，现在是秋天
花朵收拢，绿叶收拢
天上和人间，寂静得一无所有
我的一切也会毫无保留地被收割

《广西文学》2014 年第 11、12 期合刊

夙　愿

昨夜，你又托梦去了母亲的墓地
风轻轻地吹，好像她在自言自语
墓地只有母亲一个人在里面
你说母亲在这里一定很寂寞
而父亲在对岸，两人隔山隔海
你说父亲在那里也一定很寂寞
你说只有风会从这里赶到那里
只有雨会从那里赶到这里
多年来，你像风雨一样在母亲父亲之间
来回探望他们，轮流陪他们说话
给他们牵线，帮他们传话
你希望他们和好如初，重新相爱

收　拢

一天过去了，这是南国的夜
色彩、声音和温度，在慢慢收拢
奔走的人，此刻也慢下来
对于忙碌的一天，我准备一一拂去皮肤和骨骼的疲惫
收拢白天所有的心事，此刻可以安静

我的眼睛收拢于远处，着眼于近景
那低矮的居所
可以触摸到空房子，没有被打扰的宁静
还硬朗的床、桌子和电灯泡
一张多年前存在的椅子，仍然要摆放在原地

就让喧嚣和浮躁一一收拢
可以用一些水洗去膨胀的灰尘，可以让热炽的地板
降下温度

用一个夜收拢疲惫的呼吸
可以一分一秒地收拢于昨天
可以毫无保留地收拢一个已经遗忘的人

《诗选刊》2009 年第 07 期

珊瑚岛

一定还有这样一个地方，它的名字叫珊瑚岛
岛上只容得下一个男的和一个女的
如果可以，请你赐予她一座珊瑚岛
如果有一天，她被流放，请带她去这个地方
请不要让她悲伤地失去爱情
如果有一天，她将要死去，请带她去这个地方
请让她重新在爱情里复活
只有那个地方永远不会将她遗忘
永远不会有男人出卖她，把她喂给鲸
如果有一天，她出生了，请带她去这个地方
即使她将要失去智慧、能力，以及青春
即使她将要变成一个愚蠢的女人
还有一片大海与一个男人和她共同生活

《山东文学》2013 年第 07 期

村庄，我看见一片落叶在风中飘落

在村庄，我看见一片叶在风中飘落
看到它全部枯黄的面容
看到它结满皱纹的身体
看到它在空中断断续续地咳嗽
我看见了它被村庄遗忘的整个过程

但我却看不到它生前穷困的模样
看不到长在他体内严重的肺痨
看不到战争在它身上留下的疤痕
看不到它作为一个农夫遭受的苦难

村庄，一片落叶很快就飘落了
它原来的位置被其他叶子遮盖
夕阳一步一步地逼近它的骨髓

风又不断催促，秋天显得很平静
我看到它降落的土忽然闪亮了一下

《广西文学》2010年第04期

献　出

风向草色倾斜吻，一双翅膀献出如飞的鸟
灯影下的一张脸
献出久违的温情，我询问绚烂的人间灯火：
哪一盏包含了我这一生
哪一盏献出了我的光芒与温暖

我这唐突的一生，清贫的身体，会献出些什么？
今夜，允许我献出一地清光
今夜，让骨骼献出花骨玲珑，让我再献出
饱满的晨露

对于起伏的树林和高山，死寂，尸骨，夜的哀鸣
我轻轻走过，不让自己献出任何一句话
对于苍茫的身世，突出的树骨悬崖
成为今夜我要献出的词汇

隐隐在低处，我敢于献出一片深沉的名字：
黑瘦蚂蚁、浅草、野花，以及隐藏大地
的金色小星星

今夜，允许我说出它们不曾说出的单薄
今夜，允许我熬出它们的五味：
无论甜蜜、清贫、干涩或者咸苦
今夜，一个只有少量诗意的人
热情地赞美蚕献出的血丝，烛光献出的泪痕
花朵献出的骨刺

《星星》2009 年第 09 期

低　头

在车窗口，我突然低头
看见窗外一所低矮的房子，它像我的母亲
她一直在乡下为生计奔波
身体也越来越低矮
去年我发现她又矮了一截
她靠在我胸前，像这所低矮的房子
看不见窗，也看不见门
如同我看不见她的皱纹、凹陷的脸、布满血丝的眼睛
看不见她内心的疾病和疼痛
我也不敢低头看她一眼

窗外的风景

风一样吹过去的是芦苇，流水，炊烟，人家
还有高山，玉米，稻草，高粱地
一条铁轨伸进远方的情人
一个村庄的爱情，走得支离破碎

当火车经过村庄时，是否会打扰他们
他们是否会踮起脚看我们
是否会窥探火车上挣扎的人
他们成了我们的风景
而我们只是一群无关紧要的过客

秋天已尽，万物已落，我把窗关上
让自己躲在一个黑暗的角落
任凭火车的驱逐，让所有的风景擦肩而过
不让自己看见任何一处伤痕

《星星》2010 年第 09 期

四　月

四月，一些云朵在岭南山寄居
我从小小天角步入荔枝林
只是一场沉默和忍受
只是母亲灯下一些细软的光线
就可以编织数个温馨的夜
四月，荔枝花在缓慢变白
一个人对着南方，说出爱之后
只一场雨水，就可以从一只忧郁的眼
返回一首长歌的距离
四月，从头到尾，只是一条河流的温暖
只是那一亩一亩的白花
而我越来越像在墙角租住的姐妹
越来越像，风餐露宿的
一株小草，只带咸苦的泪、坚韧的爱
赶赴四月的一次恋情

不说是四月残忍，还是四月晴天
只说温暖、色彩和味道
只说岭南山，只说那一片浓密的白花

《星星》2009 年第 09 期

温　暖

几十年后，河东街的那个卖水果的年轻人
已经满脸皱纹，两鬓花白
几十年来，他就这样习惯了穿街走巷
习惯在冷风烈日中吆喝和微笑
从一年的一月走到十二月
从一天的清晨走到夜晚
几十年来，他与每一个人保持真诚的对话
靠卖水果养活了一家人
坚持把两个孩子送到大学
这些天来，他的心情一浪高过一浪
在车站门口，在人潮中涌动的
寒冬腊月，他心怀温暖
为每一只水果写一条祝福
给每一个异乡人

《飞天》2010 年第 11 期

一个冬日

在一个冬日，我回了一趟乡下
我的房间总是被拾得干干净净
被子昨天已经晒过，温热还存
我喜欢冬日的上午，在温暖的院子里
父亲戴着老花镜，坐在阳光最暖的地方
晒背，一边晒一边捶

母亲在旁边织毛衣，黄色的毛线
一寸寸地爬上她的手，结出密密麻麻的
暖冬，她眼却不好，容易出错
她总是拆拆织织，毛线随着两手的青筋一同起伏

午后离家时，母亲对我说：
“把被子拿出来晒晒，就是一天的温暖”
等我走远，父亲才慢慢走到地里

一半是翻过的土，另一半是还发青的茬
那一半像父亲没说完的话
他同样背对阳光，但午后的阳光很毒
他开始了一个无比平常的下午

《广西文学》2015 年第 08 期

俯　视

傍晚，我站在岭南坡上俯视
那些树林、稻田和瓦房相拥而成的村庄
夕阳把山、田野和每一个农人染红
炊烟伸向温暖的旅途
岭南坡下居住的人家就是我的
父亲和母亲，兄弟和姐妹
我要在鸡鸣狗叫、牛羊马群里
寻找那些孤独的男人女人
他们仍在大地上忙碌，在风中养家糊口

每到这个时候，万物会在夜风中返回
我希望每一只鸟都能在天黑前归巢
我希望脚下的每一只蚂蚁
都安然觅得食物，都能找到回家的路
我希望每一间房子都无比宽大

都能容下所有疲劳的脚步和身影
我希望每一家都有一盏灯
和一桌丰盛的饭菜
不一会儿村庄就裹在月色里
不一会儿灯盏挨家挨户地亮起来

《飞天》2010年第11期

一朵蓝

细细体会一朵蓝，不说它拥有空旷的天
以及广阔的国土
我要说的蓝，可以连接一句句飞鸟
从南到北，一一亲近我的村庄、田野和花草
一朵朵蓝是我要寄出去的信
给那些寄居的云朵，那些迷失的羊群
那一群低飞的青草
这些都是我要说出的蓝，热爱的蓝
这是蓝，这是多年漂泊的蓝
这些忙碌的地图下，我只想多画一些蓝
让黑夜的纹路更加清晰
我只想在众多清贫的身体里面放一朵蓝
长出蓝的骨骼和灵肉
我坚信有一朵蓝保留了所有的真与善
让失眠隔着黑夜歌唱

睡　眠

夜幕下，我画下简单的床、蚊帐、被单
远旷的灯盏、星光
一个人可以拥有整个安静的世界

在一个安然的晚上，以一个合适的角度
想一些美好的东西，就让它们到来
让我的忧愁和伤痛猝然死去
想一个人的湖，可以感受流水声动
或者干脆让自己毫无知觉

一个梦迫不及待地走进我的身体
如同一片风的到来
可以让画面生色，可以吹走骨头的痛
可以拂去身体里那些蛮横的叫声

还可以拥有月色和金色的星星
坚信满怀温度和骨骼
可以抚摸到呼吸和心跳，稳重，不紧不慢
还能听见一个恋人夜半歌声

我只渴望在一片善良的植物中安置一片睡眠
居所足够洁净
让经脉沿着一个善良的路径走
让我的心翩然起飞
对星辰的呓语，覆盖一地的孤独

睡眠是慢了些，总要退去那些伤痕和疲劳
做一次更详尽的修复
最好能在黑夜里产下一个更干净的我
在一个早晨睁开婴儿的眼睛

《诗选刊》2009年第07期

我唯一的钥匙丢了

我唯一的钥匙丢了
眼前仅剩一扇紧闭的门
从前我是屋子唯一的主人
现在我成了一个无家可归的人
我对着门，门冷冷地对着我
我对着门呐喊，门哑然
我们像一对陌生人
当我的目光穿透了门，却发现
屋内住着一个毫不相关的人
他冷冷地和我对视，一句话也不说
我说友情，他摆手
我说亲情，他摇摇头
我说爱情，他愤怒转过身去
我不知所措，当我在门外徘徊久了
邻居竟把我当成了一个小偷

《广西文学》2010 年第 04 期

祖父的鞭打声

刚到门口就听到了鞭打声
祖父在院子里织篮子
这个简单却延续了三十载的动作
长长的竹篾，响亮地叩打地面
像墙上敲打流年的时针
他深深地欠身，深深地俯视
都是对生命深深的感恩

院子那么安静，只有竹篾的鞭打声
长长的鞭打声，一遍一遍地叩打地面
三十年来，地面已经凹下去了
祖父的身体也凹下去了
多少次，他倔强地说他还行
他用响亮的鞭打声告诉我们
——他还行

久久的鞭打让祖父忘记了
他的身份和年龄
以及光阴的流逝和身体的病痛
也不知道从外地回来的孙女
什么时候出现在他面前
他抬头看了我一眼
想说什么，却只是嘴巴轻轻颤动一下
又低头继续鞭打

《广西文学》2014 年第 11、12 期合刊

风来了

——陪祖父上山

风来了，你抓住旁边的树
风来了，你说你要在这里靠一会儿
你轻轻地叹息：老了，走不动了
风来了，你的身体很轻，仿佛一根弱草
需要坐在地上，更贴近土地
要抓紧春天的花，它们的红令你刺眼
你一遍遍地赞美这漫山的红
你说，老了，就怕被风吹倒
你说，回去，就可以拥有这片山
以及这些年轻的花

多年后

你说，多年后你将占据这里的一个墓碑
写着自己的名字
很多风景已经丢失，记忆成了白骨
怨恨也成了一堆尘土
唯有墓碑上的名字，白白净净

你说，多年后你会像伟大的比喻一样死去
只留下干净的白骨，你再也不会说话
也不会和谁争斗
也没有人和你争夺这里的土地

你说，多年后你也会在这里居住
清明时节，这满园的草木又绿了
风轻轻地吹，细雨将你淋湿

你看见他们一遍遍打扫你的居室
他们的祈愿让你温暖又心疼

《荆棘晚报》2019 年 4 月 3 日

你的离去那么寂静

这个春天里，那么寂静，你走了
那么寂静，你走了，你走得那么寂静
这个春天，你走了，那么寂静
那么寂静，在这个春天里，你走了
你走了，你走得那么寂静
那么寂静，你走了
这个春天里，那么寂静
你走了，那么寂静
你走得那么寂静
这个春天里
那么寂静
你走了
……

立春，在祖父新坟前

坟头的泥土那么新鲜，它们让你感到刺眼
你一定会怜惜它们
你也会像它们一样，变成一堆土
养育那些花草
那些让你怜惜的卑微的虫蚁
你毫不吝啬地给了它们
这里是荔枝林，你曾经种下的荔枝树
已经长得那么高大，那么葱郁
现在它们为你遮风挡雨
旁边的坟地，是你多年前的亲人朋友
现在他们将是你永远的邻居
这里的好风景，他们一定陪你慢慢看
这里的好空气，一定能让你的痼疾不治而愈
这里的尘土，一定能读懂你卑微的一生

荔枝林：依山而居

岭南山下是我家，家有一万亩的荔枝林
我邀你到荔枝林居住
为你捎去一缕荔枝林的风，一缕荔枝林的雨
你披风携雨日夜赶来
我撑着船沿着圭江来接你
江水在你疲惫的脚下静静流过

前世我一定居住在这里
前世我一定是在荔枝林里依山而居
那贴着白话、陶瓷标签的荔枝林
那勾漏洞和大容山包围的荔枝林
都曾在梦中安居
我是山下小户人家待嫁的女儿
日夜盼着你到来的音讯

给你一百年，在荔枝林许下终身
再给你一百年，许下一百年的婚约
我们忘记了尘世的牵绊
只记得荔枝林是爱情的故乡
等我们老去，我们重新在荔枝桥上相遇
我们依然一见钟情，倾心彼此

给你依山的房子，请你到荔枝林居住
我们不做比翼鸟，只做连理枝
等我们在林中生养一对精致的儿女
我深居简出，为你织山绣水
你勤于躬耕，种下的稻田香传十里
我们种下的妃子笑，笑红大江南北

我们到江中心订一间饭馆，听圭江多情流水

我们隔江相念，掩泪入心
如果你有诗兴，我给你斟酒倒茶
给你满满的情意，我们对月吟诗
请圭江出版诗集，让整条江都读到我们的诗
我们的诗被圭江日夜诵唱，传为佳话

这是水上的荔枝林，这是山边的荔枝林
你来，我给你依山的房子
房子周围是听不尽的山林鸟语
在一个风生水起之夜，我们相约月下泛舟
到江心划出一片水域，挥笔签定终生
挂到月色下，天地见证

《广西文学》2012 年第 11、12 期合刊

妃子笑

接近仲夏，整片荔枝林都是妃子笑的
她们越过了花期，争先恐后地占领枝头
她们笑弯了树下的河，笑红了附近的山峦
我的唐朝姐姐杨贵妃就在林中复活
她把长安搬到荔枝林，村庄是一片歌舞升平

不远处的真武阁门扉大开，杨贵妃依然闭月羞花
她操着唐朝的口音，披戴着唐朝的红袍和桂冠
她的容貌成了这一片荔枝林的骄傲
妃子笑也遗传了她的肥美基因
你看，她们的一颦一笑都极像杨贵妃

每到这个时候，妃子笑过早地透露了消息
外地的采购商就听出了风声

他们骑着高大的货车轰隆轰隆赶来
车轮声代替了马蹄声，灰尘代替了红尘
这里有广东口音、北方口音，还有外国口音
好热闹的口音杂合，好像一碗色香味俱全的杂面

荔枝民挑来一筐筐的妃子笑
讲白话的他们说起普通话有点别扭
外地人也跟他们学起了白话
他们一边卖一边赞扬自家的妃子笑正宗
像亲眼看着杨贵妃风风光光地进宫
那样的满足和自豪

采购商将妃子笑包装起来，还明码标价
妃子笑，笑到了各地

有的到国外去，好像进行跨国联婚
她们到了远方，远方就是她们要去的长安

《广西文学》2012 年第 11、12 期合刊

溺水者

他们在河岸边上
像被洪水冲到沙滩上的鱼
只有原地挣扎
他们寻找“一只折了翅膀坠落在河里的鸟”
留在岸边的是一件没了两颗纽扣的蓝衬衫

当尸体打捞上来
一个母亲张开翅膀扑腾上去
拥抱这残缺不全的肉体
肉体里的魂不知去向
那是她很久没有给他的拥抱

她哭晕在尸体上
她身边是一川川逝水
和深不见底的河床

看的人都揪心，觉得河是吃人的鬼
只有鱼目击了他被吃的过程

如果，时间让她返回去
她少打一次牌
她认真给他做一顿饭
她把他那件丢了纽扣的衬衫缝一缝
也许他不会被时间带走
可是这世间悔恨的事
都将慢慢成为灰烬

《广西文学》2017 年第 12 期

母亲从外面抱回一捆干稻草

母亲从外面抱回一捆干稻草
盛满的阳光像温热的舌头
亲亲母亲的脸
母亲的脸，渐渐红了

母亲从外面抱回一捆干稻草
一路飘着清香的稻草味
像屋头长长的炊烟
牵着母亲幸福地往家里赶

母亲从外面抱回一捆干稻草
像从外面抱回一件金黄的大棉袄
它们紧紧相搂
将一整个冬天捂暖

《广西文学》2015 年第 08 期

图书在版编目（CIP）数据

在清晨采集露珠 / 安乔子著. —南宁：广西民族出版社，2023.12
（广西新锐作家作品系列）
ISBN 978-7-5363-7762-2

Ⅰ.①在… Ⅱ.①安… Ⅲ.①诗集－中国－当代
Ⅳ.①I227

中国国家版本馆CIP数据核字（2024）第012884号

广西新锐作家作品系列
在清晨采集露珠
ZAI QINGCHEN CAIJI LUZHU

著　　者：安乔子
出 版 人：石朝雄
策划编辑：石朝雄
责任编辑：梁秋芬
助理编辑：陈希良
装帧设计：张文昕
责任校对：黄裕蝶
责任印制：梁海彪　张东杰
出版发行：广西民族出版社
地址：广西南宁市青秀区桂春路3号　邮编：530028
电话：0771-5523216　传真：0771-5523225
电子邮箱：bws@gxmzbook.com
印　　刷：广西昭泰子隆彩印有限责任公司
规　　格：787毫米×1092毫米　1/32
印　　张：13.5
字　　数：204千字
版　　次：2023年12月第1版
印　　次：2023年12月第1次印刷
书　　号：ISBN 978-7-5363-7762-2
定　　价：65.00元